EL SÍNDROME MOZART

GONZALO MOURE

www.
literatura**sm**
.com

Primera edición: noviembre de 2006
Sexta edición: noviembre de 2013

Dirección editorial: Elsa Aguiar
Coordinación editorial: Gabriel Brandariz

© Gonzalo Moure Trenor, 2003
© Ediciones SM, 2006
  Impresores, 2
  Urbanización Prado del Espino
  28660 Boadilla del Monte (Madrid)
  www.grupo-sm.com

ATENCIÓN AL CLIENTE
Tel.: 902 121 323
Fax: 902 241 222
e-mail: clientes@grupo-sm.com

ISBN: 978-84-675-0902-1
Depósito legal: M-42097-2010
Impreso en la UE / *Printed in EU*

Cualquier forma de reproducción, distribución,
comunicación pública o transformación de esta obra
solo puede ser realizada con la autorización de sus titulares,
salvo excepción prevista por la ley. Diríjase a CEDRO
(Centro Español de Derechos Reprográficos, www.cedro.org)
si necesita fotocopiar o escanear algún fragmento de esta obra.

Este libro hubiera sido imposible sin la ayuda de las siguientes personas: Marta de Castro, Howard Lenhoff, Tomás Monzó, Tomi Monzó, Ostap Pechenyi, Lucía y Ángel González Piquín, Ana Alegre, Tina Blanco, Ricardo Gómez, Leticia Secall, Rosa Piquín, Sharon Libera, Luisa Mora, Ana Banjul y Samuel Alonso. A todos y cada uno de ellos, gracias.

¿Le gusta Mahler? Un gran compositor. En su Sinfonía n.º 5 se ven sus visiones sobre la vida, sobre la humanidad, con sus tendencias: grandes tragedias de la vida, la futura muerte de la humanidad...

De un correo electrónico de O. P.,
ucraniano de quince años,
residente en España

Irene

tocó el violín con furia hasta que sintió humedad bajo los dedos de su mano izquierda.

Detuvo el arco en el aire, levantó los dedos y miró sus yemas: sangraban. Ver la sangre no le causó sorpresa. La contemplaba. Nada más. Parecía mirar heridas ajenas, rígida como estaba. Respiraba con agitación, pero solo su pecho se movía en la habitación.

La sangre, de un rojo violento en las yemas de los dedos, no tenía color sobre el mástil negro del violín. Gotas oscuras, viscosas. Y las del sudor caían por la frente de Irene, por su espalda, por su pecho.

Dejó el violín sobre la cama y sacó un paquete de pañuelos de papel del cajón de la mesa de noche. Fue secando cada dedo, limpiándolo, ajena al dolor. Miraba el pañuelo arrugado, las estrías rojas de la sangre sobre el blanco, y lo dejaba caer en la papelera.

Cuando acabó guardó el violín en su estuche y buscó en el cajón de la cómoda, hasta que encontró, debajo de su ropa interior, una cinta magnetofónica. La levantó y la miró por encima de la línea de sus ojos. Se acercó con ella al equipo, la introdujo, se puso los auriculares y retrocedió hasta la cama. Se dejó caer con los ojos cerrados y un brazo sudoroso sobre ellos.

Durante algunos minutos escuchó a través de los auriculares, inmóvil. Se levantó y buscó entre sus discos compactos, hasta que encontró el que buscaba: la *Variación para piano y violín 360* de Mozart. Lo introdujo en la pletina del equipo y desconectó los cascos. Subió el volumen y volvió a la cama, a tiempo para escuchar por los altavoces el inicio de la sonata. Una melodía sencilla al piano, apenas un esbozo, casi nada. Pero el esbozo crecía, y cuando el violín entró para subrayarla, la melodía se convirtió en un torrente de música exacta y, al tiempo, vaporosa.

Irene se levantó de la cama de un salto. Se acercó a su mesa, sacó un cuaderno del cajón, lo abrió, se sentó en el borde de la silla y escribió:

Se llama Tomi

y dentro de menos de una hora le voy a pedir que decida sobre su vida. Y no sé si tengo derecho a hacerlo. Ni siquiera sé si él mismo es capaz de decidir nada.

Escribo estas líneas escuchando la *Sonata para piano y violín 360* de Mozart. Pobre Mozart... Él tampoco disfrutó mucho de la vida, ni de la belleza. Pero usó su vida, descubrió belleza. Su mala suerte fue tener un padre que le explotó de niño y le angustió con sus quejas y sus exigencias cuando ya era adulto. Muchos creen que decir eso es injusto, pero yo no, porque he sentido en mi carne lo que significa que te roben la infancia.

Tomi es pobre, y muchos dirían que es retrasado. Yo no, ya no. Es inocente, es limpio de cuerpo y de alma, y ve el mundo de una manera distinta, desde el mismo corazón de la música, donde no hay antes ni hay después, donde no hay tú y yo, sino nosotros, todos.

Tomi vive en un rincón remoto del mundo, nadie le aclama y nadie le reclama. Pero hasta ahora ha tenido suerte: a cambio, no es explotado, ni agobiado, ni culpabilizado. A Mozart, la belleza que desveló le sirvió para bien poco: para acumular amargura persiguiendo una fama que nunca fue la misma que cuando era niño, para ansiar un dinero que contentara de una vez a un padre tiránico y le permitiera vivir en paz.

Ahora está en mis manos que todo cambie para Tomi, y siento miedo por las consecuencias, por su futuro.

Nunca he sido capaz de tomar decisiones por mí misma, y por eso estoy asustada.

Yárchik, el extraño marciano que entró en mi vida para hacerme descubrir lo duro que puede ser amar sin ser amada, me ha dicho:

«El verdadero talento no necesita público. Tú y yo, Irene, usaremos la música y la belleza para ganarnos la vida, o para ser queridos. Si tu Tomi es como dices que es, solo debe usar la música y la belleza para una cosa: para descubrir con ellas más belleza, para engrandecer ese bien tan grande y tan despreciado: la vida. Como hizo Mozart.»

Yárchik tiene razón. Tomi no necesita el reconocimiento de los demás, porque ese reconocimiento se transformaría en utilización, en manipulación. Pero, al mismo tiempo, Tomi necesita tener la oportunidad de explorar todas sus posibilidades, y todas las de la música. Necesita un piano, alguien que le oriente, aprender a leer y escribir música para poder fijar en papel todo su asombroso mundo, todo el asombroso mundo subterráneo de la música. Y yo tengo la llave de su felicidad y de su infelicidad. Y la llave es la misma, la misma.

Nunca habría podido llegar a ser feliz si no hubiera resuelto este dilema, la trampa en la que me encontraba. Por eso agradezco la ayuda de Yárchik, y comprendo ahora, por fin, que rechazara mi amor más superficial y me ofreciera lo mejor del amor: compartir. Yárchik me ha enseñado a verme a mí misma, a entender que sin esa mirada interior no puedo ser feliz ni buscar la felicidad de los demás. Buscaba la felicidad a través de los otros, en los otros, y estaba equivocada. Ahora solo me faltaba este impulso para conocerme del todo y poder saber así lo que quiero. Para mí, para Tomi, para los demás chicos que comparten con Tomi su enfermedad. Yárchik tenía razón: una extraña razón, como todo en él, pero la razón.

Lo haré, lo voy a hacer, aunque así tal vez le sirva a mi padre lo que tanto, y de manera tan insensible, estaba buscando: poder decir que Mozart padeció el síndrome de Williams. Pero Tomi es la belleza, es la música, la inocencia, y yo sé la verdad: que él, y los que son como él, lo fuera Mozart o no, poseen algo maravilloso: el síndrome de Mozart. Ahora lo sé y por fin entiendo, gracias a Tomi, algo que no sabía antes de venir a Cansares, antes de conocerle. Se lo pregunté una vez, hace meses, a Yárchik, una tarde que ya me parece muy lejana en la que quería decirle que estaba enamorada de él:

¿Qué es la música?

Yárchik escuchó la pregunta de Irene y pareció dudar. Sostenía la viola entre sus manos, apoyada en las rodillas, y miraba hacia ella sin pronunciar una palabra.

Por fin cerró los ojos, antes de decir:

–Cualquiera diría que la música es simple música. Y puede que sea verdad. Pero la música es algo más: es la explicación de lo que no necesita explicación.

Irene se rió, antes de decir:

–A medida que hablas mejor el español se te entiende menos.

Yárchik también rió, o casi:

–Quiero decir que la música trata de explicar lo que ya está ahí: el mundo, la armonía, la belleza, la razón de las cosas. No hacemos música: explicamos esas cosas.

–Yo no sé nada –murmuró Irene–, porque no he vivido más que la música, demasiado de cerca y durante toda mi vida; porque yo no la elegí. La eligieron mis padres por mí.

–También los míos –dijo Yárchik.

Irene dejó caer la cabeza sobre el pecho, y su pelo lacio le ocultó el rostro. Un gesto que solía hacer para disimular su inseguridad. Desde la oscuridad, repuso:

–No es lo mismo. Tus padres son músicos, pero los míos no.

–¿Y qué importa eso? A tus padres también les gusta la música.

Cuando Irene volvió a levantar la cabeza, había una mueca en su rostro, entre la sonrisa y la burla.

–Tú creciste dentro de la música, Yárchik, pero a mí me asignaron el papel del genio, sin preguntarme si yo quería serlo.

–¿Pero te gustaba ese papel?

Cuando Yárchik hacía preguntas maliciosas fruncía el entrecejo, esperando la respuesta con afán casi científico.

Irene sonrió:

–Sí, claro. Me halagaba. Ni siquiera entendía muy bien lo que decían. Pero supongo que era pasión de padres, porque creían que estaban viendo crecer a un genio. Mi madre me lo ha recordado siempre, siempre: el primer día que canté una canción infantil, los primeros bailes frente al televisor, y luego el piano eléctrico, las primeras armonías...

No continuó, pero su mirada perdida indicaba que seguía recordando.

—Todos hemos pasado por lo mismo —dijo Yárchik—. Tú aquí, yo en Ucrania.

—No, tus padres sabían lo que estaba pasando. Los míos, no. Los tuyos no se decepcionaron cuando supiste que no eras un genio.

—¿No lo soy? —bromeó Yárchik, que raras veces lo hacía. Irene no pareció oírle.

—Para mí fue una liberación y un alivio. Pero para ellos fue como un accidente, una verdadera catástrofe. Y no se preocuparon en ocultármelo.

Yárchik colocó la viola entre la clavícula y la barbilla y deslizó el arco sobre las cuerdas, extrayéndole una melodía de vago aire medieval. Irene continuó con sus recuerdos.

—Todo había cambiado. No les importaba lo que yo sentía.

—A lo mejor no se daban cuenta —dijo Yárchik interrumpiendo su improvisación.

—Puede ser. Estaban demasiado ocupados con su decepción. Yo supe que no era lo que ellos esperaban por apenas dos o tres detalles: la elección de la profesora de otra niña para intervenir como solista en un concierto de Navidad, problemas de atención y memoria musical... Hasta que lo supe: conocí la genialidad por su ausencia.

Irene se levantó y sacó el violín de su estuche. Se sentó de nuevo y lo abrazó contra su pecho.

—Era un hueco que había en mi corazón, en mi mente: leía las partituras con corrección, pero lo hacía porque trabajaba, porque me esforzaba, porque ensayaba hasta el agotamiento, y porque tenía una buena técnica; pero la genialidad, lo intuía, era algo más: la música manando del alma, sin técnica, sin esfuerzo, un manantial.

Yárchik alargó una mano y rozó la de Irene, que acariciaba la caja del violín. Irene dio un respingo, pero no retiró la mano. Sonrió hacia Yárchik, y bajó la cabeza, apoyando la mejilla en el mástil.

–Una tarde, en el conservatorio, vi que la mirada de Raquel, la profesora de piano, resbalaba por encima de mí. Hasta entonces me parecía que su mirada era de fuego, brillante y alentadora. Y aquella tarde, sin previo aviso se rompió nuestra complicidad, pero al mismo tiempo, o unos segundos más tarde, me sentí liberada: una sensación nueva, gozosa y definitiva.

Yárchik sacudió la cabeza. Sus ojos observaban a Irene, con incredulidad.

–No te entiendo.

Irene se encogió de hombros.

–Estoy acostumbrada. Nadie me entiende, ni yo misma. Salvo Tesa, a veces. Dice que me conoce mejor que yo misma.

Yárchik enrojeció al oír el nombre de Tesa y se sumió en un silencio espeso, sin mirar hacia Irene. Hasta que dijo, en un susurro:

–Fue ella la que te convenció para

abandonar el piano

fue una decisión dolorosa para mí, pero también una liberación. Y sí, aunque aquella tarde me irritara lo que dijo Yárchik, Tesa me abrió los ojos. Ahora sé, sin embargo, que no era para que aprendiera a conocerme a mí misma, sino para que la mirara a ella, solo a ella. Tesa parecía entenderme, pero solo quería dominarme, llevarme con ella a sus paraísos y a sus infiernos. Y ahora ha intentado alejarme de Tomi. Creía que era mi mejor amiga, pero ya sé que no lo es, que ha dejado de serlo, o que nunca lo fue. Se llama Tesa, aunque su verdadero nombre es Teresa. Pero a ella le gusta lo de Tesa, e incluso que la llamen Tesa la India. Por su perfil apache, y por sus gustos musicales. No tiene ya nada que ver con los *indie*, en realidad, pero lo tuvo, y se sabe cada línea de las letras de Nirvana, y coquetea con el peligro, y hasta con la muerte. Tesa lo sabe todo sobre la música que se está haciendo hoy en Europa o Estados Unidos, pero se ha convertido también en una arqueóloga de los ritmos y los versos sombríos, y Nirvana le llevó a Patti Smith, a Lou Reed, a la poesía oscura, al deseo de una vida oscura... Y casi me llevó a mí también a ese deseo.

Dudo que Tesa se entienda a ella misma. Ahora dice que Tomi es un pobre idiota, que si ella tuviera su talento para la música, sería famosa. Tesa no entiende nada. Dice despreciar la televisión y los programas de éxito fácil. Pero sueña con ellos, lo sé. Tesa no entiende nada, y a mí, menos aún. Por suerte, no sería capaz de encontrar nunca a Tomi en su valle, aunque sería capaz de encontrar la puerta de una discoteca de moda en el fondo del mar, o de un volcán en erupción. Quiero que empiece de nuevo el curso para decirle a Tesa que no voy a perder más tiempo con ella, que lo que antes me parecía misterioso y excitante en ella, ahora me parece banal.

Pase lo que pase hoy con Tomi, le daré mi tiempo y mi amistad a Yárchik, mi único compañero en el mundo real. Y los dos compartiremos a nuestro verdadero amigo, Tomi, en la esfera misteriosa de la música y la belleza. Protegería con la ayuda de Yárchik la soledad de Tomi si él la eligiera, su atormentada pero serena vida entre vacas, abedules, campanas y pájaros: atormentada porque desea ver el mundo, serena porque el mundo no le ve. Pero protegería también su salida al mundo, a todos los peligros del mundo si esa fuera su elección.

Yárchik sí que me entiende. Sus cartas de este verano, tras una pequeña duda, rezumaban comprensión y cariño: hacia mí, hacia ese milagro que se llama Tomi.

Yárchik es un marciano. Un marciano en la ciudad. Viene de su pobre Ucrania, y dice que allí, donde todo faltaba, donde no había nada, los jóvenes de su colegio eran generosos, amaban la cultura y la belleza, se esforzaban por ser mejores. Y que aquí, en España, donde nada falta, donde lo tienen todo, los jóvenes de su instituto son mezquinos, desprecian la cultura, la verdad y la belleza, parecen esforzarse en ser cada día peores. Es la visión de un marciano, para el que los jóvenes que está conociendo en mi país parecen cerdos y jabalíes. Eso es lo que dice, siempre.

Seré mala: azuzaré a Yárchik contra Tesa, a Tesa contra Yárchik. Solo por ver triunfar a la belleza contra la fealdad. Y ahora me arrepiento de la ira que sentí aquella tarde al escuchar las palabras de Yárchik. Recuerdo que oculté una vez más mis ojos con el pelo, y que eché la cabeza atrás para tratar de evitar que

las lágrimas

desbordaran sus ojos.

–Eso no es verdad, no es verdad. Eres cruel, Yárchik, eres cruel.

Yárchik dudó. Por un momento pareció que fuera a inclinarse hacia Irene, pero no lo hizo. Levantó la mano y dijo:

–Perdona, ha sido una tontería.

Irene sacudió la cabeza. Al hacerlo no pudo evitar descubrir sus ojos, arrasados por el llanto.

Yárchik la miró, impotente.

–Me duele verte llorar. Me duele ver llorar. Mi padre llora a menudo, no solo por pena, sino también cuando siente la belleza con intensidad. Una vez le vi acabar una sonata y echarse a llorar. Aullaba, decía que al tocar se había tocado a sí mismo. Mi madre le consolaba, pero yo no sabía qué hacer. No quiero que te pase lo mismo, Irene.

–No importa. Es que todos piensan que no tomo decisiones por mí misma, y eso me duele, me hace sentir impotente. Mi padre, mi madre, la profesora de piano, Tesa, todos. Y tú también.

–No es verdad. Tienes razón, he sido cruel, y te pido perdón, pero ha sido por culpa de Tesa. Tú has hablado de ella.

–Da igual. Pero no tenéis razón. Fui yo quien se apartó del piano, yo. Estaba harta del piano. Todos tenían la vista en mí, siempre. Escogí el violín porque no sirvo para otra cosa, y porque con el violín desaparezco, soy una más. Nunca seré solista, nunca.

–Porque no quieres.

–Porque no puedo, y es verdad: porque no quiero. Porque lo acaricio y me responde a mí, a mí, y porque con el violín estoy lejos de la mirada de todos, de los reproches. No sé lo que quiero, Yárchik, pero quiero saberlo. Tengo diecisiete años, y aún no he nacido, y quiero nacer, aunque sea con

diecisiete años de retraso

son muchos, y me pregunto si alguna vez tendré una vida propia.

Aquella conversación con Yárchik fue terrible. Quería decirle que le quería, y acabé hablando de la música, sin saber siquiera lo que estaba diciendo. Y de mí, de mis dudas y de mis vacilaciones: «doña Sí pero No», como me llama Tesa.

Yárchik se fue sin que yo lograra decir nada que no fueran tonterías, quejas. Es lo mismo de siempre. No sé quién soy, ni cuando vivo ni cuando leo, cuando robo horas al sueño para devorar libros y libros que, mientras los leo, me permiten al menos alejarme de mí misma y de las exigencias de perfección de mis padres. En los libros descubro al menos otras vidas más humanas, personajes a los que nadie les marca el camino, que viven su existencia y sus aventuras al azar o por su propia voluntad, con pasiones y secretos, con fallos, pecados y defectos.

Defectos... La palabra defectos hace que sienta angustia. Es el modo en el que mi padre la pronuncia: «defec...tos». Marca tanto la *ce* que parece un crujido. Es el crujido, el juicio del neurólogo, Horacio Evangelista, la autoridad, la mirada que quema. Habla de los seres humanos con frialdad, y de los que tienen alguna anomalía con desprecio.

Siempre que le oigo hablar de la mente, me recuerda la película que vi con Tesa, una de Hannibal Lecter, en la que abre con una sierra el cráneo de Ray Liotta y le da a comer parte de su propio cerebro, le convierte en un caníbal monstruoso. Cuando mi padre habla de la mente, del cerebro, no es mi padre, es don Horacio Evangelista, el neurólogo, y su mirada es un rayo láser capaz de serrar el cráneo de quien tiene enfrente.

Y cada vez que le oigo decir «defec...tos» me refugio en mi equipo de música secreto. Gracias a él sobrevivo en la estepa de mi habitación, presidida por el equipo oficial, el equipo del triunfo, el no va más, la «perfec...ción», el que mis padres me compraron para que «conviviera» con Mozart, con Brahms, con Beethoven, Haydn, Chopin, Mahler... En él, en el equipo oficial, no puede oírse más que la música que se supone que es la mía, la que también quiero que sea mía, pero no así. No se puede manchar con un *riff* de guitarras eléctricas, ni con un *blues*, ni con penas y congojas de lo que papá llama «grupitos ratoneros», ni con huidas al infierno cacofónico al que ha condenado a todo el pop, con tal vez las excepciones de los Beatles y los Beach Boys.

Pero a mí me gustan Mozart y Chopin tanto como muchos grupos pop que están haciendo la música ahora, en este momento. Explicando lo inexplicable, como dice Yárchik. O algunos grupos y cantantes oscuros de los setenta, los ochenta, los que me había ido descubriendo, disco a disco, mi mejor amiga, mi amiga casi clandestina: Teresa, Tesa, Tesa la India...

Tesa ha sido una revolución en mi vida. La conozco desde los ocho años, más de media vida, y está tan alejada de la perfección como el cielo del suelo. Pero me sirvió para escapar, a ratos, del ambiente asfixiante del conservatorio, del cual se reía, cómo se reía Tesa. Sí, es verdad, Yárchik lo sabe, lo sabe todo, el marciano vidente... Tesa fue quien me dijo, cuando supe que no era el genio que mis padres esperaban que fuera: «el piano te asfixia, chica. Aléjate de él, o te enterrarán en un piano».

¿Qué iba a hacer? Mientras yo iba con vestiditos de campana, calcetines calados y trenzas, Tesa rompía con todo: vestía con asombrosa libertad, devoraba libros fuera de toda lógica, de los que yo al principio apenas podía leer dos páginas, y me descubría que había otra música en el mundo. Cuando tenía catorce años Tesa ya escuchaba a Nirvana, a REM, y yo fui descubriendo tras sus pasos su música turbia y desconocida, el punk, el *emo*... Gracias a ella descubrí a Los Planetas, los Strokes y, mirando hacia atrás, los Doors, la Velvet Underground, los Stooges, Patti Smith...

Esa es la música de mi equipo secreto, prestada bajo mano por Tesa, y esa música me hizo preguntarme por qué tenía que adorar a Mozart a todo volumen y a mis grupos favoritos en secreto.

No lo pensaba: lo hacía. A veces, incluso al mismo tiempo. Para disimular, para engañar a mis padres, ponía en el equipo oficial un CD de los grandes compositores clásicos, y me colocaba los cascos para estudiar, mientras escuchaba a mis ídolos clandestinos. Así, Jim Morrison se mezclaba con sonatas, Lou Reed con adagios... Y en mi mente había lo que Yárchik llama un caos ordenado, o un orden caótico, en el que no había músicas ni géneros, sino música, la música. Pero Yárchik lo convertía en un reproche cada vez, después de nuestras improvisaciones: «Te vas a ritmos pop, cada vez».

Se reía, me reía. Es verdad: antes de este verano, no veía con claridad el significado de la música. Ni siquiera el marciano sabio me lo supo aclarar. Mis primeros recuerdos de la música son los rostros encantados de mis padres, y una canción que sonaba en la tele y yo sentía en mi interior: «Chiquitita sabes muy bien...». En mi memoria, canto la canción y la tele desaparece, yo soy la estrella, la canción, la música, surge de mí.

Yárchik, al contrario que Tesa, detesta el pop. Dice que no expresa nada, que si quiere leer poesía abre un libro, y que todo lo que se escucha en radios y discotecas suma menos música que una sola nota escrita por Mahler. Que en el pop no hay estructura musical, sino simple repetición de ritmos ínfimos. Yo no estoy de acuerdo. Esos ritmos ínfimos son también parte de la vida, el lenguaje balbuciente de todos los seres humanos, como la música tribal, mágica o religiosa. El pop está cerca de la religión, del animismo, del deseo de dar un sentido mágico a las cosas, de entenderlas desde la tribu.

Pero ya no lo siento. No ha sido Yárchik, sino Tomi, quien me ha hecho entender que la música es algo más, un fuelle que hace que mi corazón se avive. Con la música de Mozart o de Haydn, de Chopin, de Beethoven o de Mahler, no veo el mundo desde la tribu, sino desde mí misma.

Yárchik dijo un día:

«Ni las palabras se pueden explicar con música, ni la música se puede explicar con palabras.» Y añadió: «Haz la prueba».

Pues bien, Tomi es la prueba de que la música es mucho más, de que no puede ser explicada porque es superior a la palabra; de que Yárchik tiene razón, pero de que no hay ninguna necesidad de explicar la música más que con más música. Y Tomi, desde luego, no ha necesitado palabras para hacerme entender eso.

Pero el caos de entonces tenía muchas facetas: era el caos en el que me movía cada día, despistada, casi perdida, viendo lo que los demás esperaban de mí y sabiendo lo lejos que iba a quedar de esos deseos ajenos. Eso me ha hecho insegura. En clase vivo una extraña situación. No existo apenas para los demás, ni siquiera para los profesores, pero cuando respondo las preguntas de los exámenes estoy por encima de mis compañeros, y muy cerca de los profesores. Casi como Yárchik, cuya visión es a menudo más completa e inteligente que la de los profesores. Es mucho lo que nos hace parecidos, a Yárchik y a mí. Pero él no es tímido, ni inseguro, sino pesimista.

Extraña invisibilidad la mía, que, sin embargo, me ha permitido, por fin, ver con mayor claridad. Y que en estos momentos me hace volver a querer a mis padres, con sus defec...tos. Espero que ellos también sean capaces de entenderme ahora, como supongo que ya antes intuían en mí los cambios que estaba sufriendo, porque no podían ser más evidentes.

Mis padres no hablaban de ellos, pero los advertían. Sobre todo Ángela, como siempre ha querido mamá que la llame, como nunca la he llamado de verdad. Los intuía, sí, pero no se atrevía a decir nada en voz alta, ni a hablar conmigo del asunto, ni mucho menos con papá. Yo era su hija única, una especie de vehículo para ella misma, la realización de sus sueños frustrados, y reconocer que se le había escapado por completo de las manos hubiera sido reconocer su propio fracaso. Y eso que tenía todas las pruebas en mi armario, en la ropa que me iba comprando, en los discos que escondía, sin esforzarme mucho, en los cajones.

Yo estaba cambiando, sí, pero no supe hacia dónde hasta que llegué a

Cansares

es un lugar remoto, un valle asturiano, no lejos de Galicia, con un aserradero, una industria láctea, varias explotaciones ganaderas, un ayuntamiento diminuto, seiscientos habitantes dispersos y un médico. Poco más.

Cuando Irene llegó a Cansares, sintió que el corazón se le descolgaba dentro del pecho. No ayudaba mucho el día, gris y ventoso, con el cielo convertido en el lienzo de un pintor lúgubre y grandilocuente.

El autobús se detuvo cerca del ayuntamiento. Irene descendió titubeante y un poco mareada todavía por las incontables curvas, subidas y bajadas sinuosas, túneles de árboles y abismos vertiginosos. Llevaba el violín entre los brazos y se aferraba a él para sentirse consolada en medio de aquella desolación. Mientras recuperaba su maleta de la bodega del autobús escuchó la bocina del coche de su madre. Se alegró de oírla, y un poco más tarde de verla, abriendo la portezuela. Pensó que tal vez aquel veraneo en un pueblo perdido, con su padre y su madre como única compañía, fuera una buena oportunidad para que la aceptaran tal cual era, tal como quería ser.

–¡Irene!

Cuando recibió el beso de Ángela, no pudo reprimir el deseo de abrazarla, hundiendo el rostro en su pecho.

–¿Qué te parece?

Se despegó de ella y miró a su alrededor:

–¿Hace siempre tan mal tiempo?

–¡No! Nos han dicho que es una tormenta pasajera. Puede que llueva, así que vamos.

Recorrieron todavía un par de kilómetros hasta llegar a la casa alquilada. Resultaba evidente que había sido restaurada poco antes, descubriendo la piedra de sus paredes, pintando las ventanas y ajardinando su exterior con hortensias y pequeños macizos de plantas aromáticas.

–¿Verdad que es bonita?

Ángela parecía querer convencerse a sí misma. Pero sí, a Irene le parecía bonita. Detrás de la casa se levantaba una colina boscosa, de un verde profundo, casi negro. El viento movía las ramas y extraía de ellas un gemido grave y cambiante.

Habían alquilado la casa para pasar un mes. Irene sabía solo parte de las razones, pero sospechaba el resto. Su padre no había ocultado mucho que no lejos de allí, en un rincón apartado del valle de Cansares, vivía un chico del que quería saber ciertas cosas. Pero el modo en que había insistido para que Irene viajara también, que estuviera allí todo el mes, indicaba con claridad que esperaba que ella le ayudara. Un chico con aquella rara enfermedad, el síndrome de Williams.

–Tiene dieciocho años.

En las palabras de Ángela había una insinuación casi imperceptible. Sabía que los dieciocho eran una meta, casi un mito para una chica de diecisiete: la edad de la mayoría, la frontera. Y que para ella, en un chico, los dieciocho tenían significados ocultos.

La habitación de Irene daba al valle. Se quedó en ella, sola, todo lo que pudo. Deshizo la maleta sin prisa, distribuyendo su contenido en los cajones de una cómoda sólida y maciza. Luego abrió el estuche del violín, acarició sus cuerdas, las pellizcó acercando a ellas el oído, y comprobó que el viaje las había desafinado casi por completo. Devolvió el violín al estuche, lo cerró, y lo depositó en la cama, apoyado en la almohada. No sabía ya cuándo, pero hacía muchos años que había sustituido al osito por el violín. Primero fue su pequeño tres cuartos, y ahora su amado y bello violín.

El valle embriagaba. Desde la casa hasta las montañas más cercanas había casi un kilómetro, recorrido en zigzag por caminos y pequeños bancales de hierba, en los que pastaban las vacas. Parecían indiferentes al viento, con la cabeza hundida en la hierba y el rabo en constante movimiento.

Irene no estaba acostumbrada a paisajes tan bucólicos como aquel. Se había criado en la ciudad, y sentía que pertenecía a ella. Tanto verde, tanta naturaleza acentuaban en su pecho la sensación de opresión que había sentido al llegar a Cansares. Pese a todo, acercó una silla de mimbre a la ventana, apoyó la barbilla en una mano y contempló el paisaje. A Yárchik también le gustaba pintar, algo que sin embargo no hacía tan bien como tocar la viola, y le había hablado una vez de su deseo de ser capaz de transmitir la tragedia del campo con los pinceles.

La tragedia, eso había dicho. Yárchik hablaba así, con palabras enigmáticas, que Irene no sabía muy bien si salían de su todavía incipiente castellano o de su extraña mente. Cuando definió un poco más lo que quería decir con «la tragedia del campo», Irene supo que no era un error, que había elegido la palabra con precisión.

–El campo es al mismo tiempo el amante y el enemigo del hombre. Le da todo, se entrega a él, pero le teme porque sabe que acabará con él antes o después.

Solía hablar así. Era el fruto de sus lecturas: los autores rusos, en especial. Cuando decía Dostoievski, o Turgueniev, o Gogol, achicaba los ojos, parecía escuchar voces interiores.

¿Qué más había dicho? Irene miraba hacia las casas dispersas, hacia un coche amarillo que pasaba por uno de los caminos, mientras trataba de recordar: «El campo hace el amor con el hombre y sabe que morirá en sus brazos, devorado».

Terrible, Yárchik. Pintar un pensamiento tan macabro era una idea loca, pero magnífica.

«Aquí lo tienes, Yárchik», pensó Irene: «Le haré una foto, para que pintes tu tragedia».

–¿Irene?
Era su padre, Horacio.
La puerta se abrió:
–¡Mi Irene!
Irene sonrió y se levantó para abrazarle.
–¿Te gusta?
Irene pensó: «Es una tragedia». Pero dijo:
–Sí, es precioso.

En el trayecto por el pasillo, hasta la pequeña sala, Horacio desgranó sus razones por haber elegido Cansares para pasar las vacaciones: lo poco que costaba la casa, una comparación con lo que hubiera supuesto ir a cualquier lugar de Europa, lo sano que era el ambiente, lo que iban a descansar y... lo útiles que iban a ser las vacaciones.

Lo útil. La perfección. Vacaciones más utilidad.

Mareaba, pero Irene sonreía.

Sabía que la elección tenía algo que ver con aquella rara enfermedad, un síndrome del que había oído hablar por vez primera un día, algunos meses antes, durante la última visita de su tío Ramón. Mientras comían, Irene no prestaba mucha atención, hasta que oyó decir a su padre:

–Irene siente de verdad la música. No como los del síndrome de Williams, sino con verdadera genialidad.

Sin duda, Horacio había hablado antes de aquello, porque era parte de su trabajo. Pero a Irene nunca le había llamado la atención, o, al menos, no lo recordaba. Aquella vez, sí. En silencio, intentando que sus ojos no se levantaran de la *musaca* griega que tanto le gustaba cocinar a su madre cuando había visitas, escuchó hablar por primera vez de los afectados por el síndrome de Williams.

–¿Síndrome de qué? ¿De espuma de afeitar?

Era el tío Ramón, quien solía hacer gracias, o ninguna gracia, de cualquier cosa de la que se hablara.

–De Williams, Ramón. Williams era un médico neozelandés que, allá por los sesenta, a principios, hizo el primer diagnóstico general. La gente con síndrome de Williams originó el mito popular de los duendes, los elfos y todas esas bobadas.

Irene masticó con fuerza. No le gustaba oír a su padre, cada vez menos. ¿Por qué tenía que ser siempre hiriente? Con ella, con el tío Ramón, con su propia madre... A Irene, los elfos y los duendes no le parecían bobadas. Hubiera querido protestar y preguntar, pero sentía la comida en la boca convertida en una bola, y era de mala educación... Le ayudó su tío.

–¿Y por qué? ¿Aparecen y desaparecen?

El tío Ramón solía acompañar algunas frases con una risotada, algo que era tan frecuente que se esperaba del mismo modo que se espera un trueno más de la tormenta. Y llegó, riendo su propia gracia.

Horacio esperó, pacientemente, a que la carcajada cesara para decir:

–No, Ramón. Porque son pequeñitos, porque tienen cara de duende, porque son vivarachos y simpáticos y suelen hablar con palabras rebuscadas. Son retrasados, en realidad, pero tienen... gran capacidad verbal. Y, por cierto, también cierta capacidad musical. Hasta oído absoluto, dicen. Pero no significa nada, son lo que se llama en psicología *idiots savants*, idiotas sabios. Gran capacidad musical, pero en medio del vacío.

Y ahora, Irene sabía que las vacaciones en Cansares guardaban alguna relación con el síndrome de Williams, o al menos con un chico que lo padecía.

–Y hay chimenea –dijo Horacio, con evidente satisfacción.

Irene se preguntó para qué servía una chimenea en verano, pero no dijo nada.

La sala no estaba mal. La chimenea había sido usada en invierno y exhalaba un ligero olor a hollín y a leña nada desagradable. En una de las paredes una biblioteca enseñaba su dudosa mercancía: por los lomos de los libros se podía predecir su escaso interés. Daba igual: Irene llevaba su propia mercancía. Libros propios y libros prestados: de Yárchik, de Tesa, de la profesora de violín, una entusiasta de los grandes novelones... No creía que tuviera tiempo para leer ni la mitad. O tal vez sí.

El sofá era barato y demasiado blando. De todos modos, Irene no lo iba a usar mucho, porque no era más que una parte del televisor: «la parte del culo», decía Tesa. Con apenas cuatro años, Irene había abandonado la televisión. No la veía nunca y se sentía muy orgullosa de ello. Había demasiadas cosas encerradas en los libros, en los discos, en las partituras, en las cuerdas de su violín o incluso en las teclas del amargo piano, como para perder el tiempo viendo una pantalla vacía.

Irene prefería vivir aquel mes fuera de casa, en la melancólica naturaleza de Cansares. Se decía a sí misma que

hay algo en el campo

que me atrae con morbosidad. Es algo relacionado con la putrefacción, con la muerte. Estoy segura de que es Tesa quien me ha influido con sus visiones, con su desprecio por todo lo que no sea creación del hombre. Una vez estuvimos hablando toda la tarde. Sonaba Hole en el compacto, y teníamos cada auricular en una de nuestras orejas. Tesa tiene fascinación por Hole, porque, según ella, Courtney Love mató a Kurt Cobain, y espera encontrar en cada verso de sus letras, en cada acorde, la confesión de su crimen. Por eso le gusta, aunque diga que no le gusta.

Aquel día escuchaba a Hole y soltaba toda su bilis. Ya de noche, después de irse, anoté en mi cuaderno lo que dijo de la ciudad y del campo. Fascinada por el horror, como ella.

«La ciudad es hermosa porque es fea. El hombre es algo horrible, un montón de tripas y de líquidos hediondos con un pellejo alrededor. Y aun así se le salen los jugos por todas partes, en cuanto lo aprietas. Así que el hombre se ha convencido a sí mismo de que es hermoso, para protegerse de tanta fealdad. Pero si se viera a sí mismo por vez primera, huiría espantado. Y la ciudad es su única defensa. En la ciudad el hombre se siente a salvo. Sus edificios son horribles porque él lo es. Sus humos, sus olores, no son más que la máscara de la fealdad. Y por eso resulta hermosa. Me gusta la ciudad. Odio el campo, con su falsa armonía, con sus hierbecitas y sus bosques olorosos. Porque en el campo sé lo espantosa que soy, lo espantosos que somos todos. El campo es hipócrita. Me da asco, solo de oler la hierba.»

¡Qué diferente idea del campo de la de Yárchik! Tesa solo ve lo feo de la vida, pero es algo más: cobardía. Yo también soy cobarde, pero no de esa manera. Ella está en el mundo porque la han puesto en él, pero lo desprecia. Para Yárchik, sin embargo, la vida es la oportunidad de hacerlo mejor, una batalla. Definió, una vez, el campo como una lucha. Una lucha cruel, entre el campo y el hombre.

Así afronta todo, y por eso es tan distinto, tan incompatible con Tesa. Apenas se aguantan el uno al otro. Tesa lanza pullas envenenadas, y Yárchik enrojece. Tímido como pocos, casi pasivo en los enfrentamientos verbales.

A Tesa, algo es algo, le gusta el mar. Pero nada más que por la playa. Para ella, el mar, si no tuviera playa, sería aún peor que el campo.

Los comienzos del mes en Cansares fueron extraños. El tiempo no mejoraba, pero eso no me importaba. Encontraba un placer melancólico en ponerme ropa de lluvia y un sombrero y en perderme por los caminos. Mi padre se desesperaba, porque cada vez que me intentaba poner en la pista de Tomi, yo encontraba una excusa para aplazar su plan. Elegía un libro manejable y leía por los caminos, aprovechando los ratos en los que no llovía. Y cuando llovía, metía las manos en los bolsillos, la cabeza entre los hombros, y caminaba sin rumbo.

En ocasiones me detenía a charlar con ancianas solícitas que veían en mí a una niña, un cachorro de turista. Pero no me abrumaban con las excelencias de la comarca, sino con el relato doliente de sus vidas solitarias, sus enfermedades sin cuento, sus visitas al hospital comarcal y sus problemas para sobrevivir con una exigua pensión, después de haber vendido las últimas vacas.

Tal vez yo no fuera más que una excusa para sus quejas en voz alta, para llevarse el pañuelo retorcido hasta sus ojos lagrimeantes, pero me conmovían, me hacían sentir incómoda y fuera de lugar. Eran la prolongación humana de la visión terrible del campo que tenía Yárchik. Bebía su café calentado con leña recogida por el bosque, me llevaba unas patatas o unas coles y prometía que volvería, sin creer en mi promesa. Tan abatida me dejaba el relato de su existencia, náufragas de una sociedad que no entendían, viudas de un campo enterrado.

Pero el verdadero corazón de la comarca no estaba formado por ancianas, ni por casas, ni por caminos. Cansares es memoria de un tiempo idílico, y aquella ausencia, aquel velatorio verde y oscuro de lo que fue la comarca, me complacía. Cuando toco el violín me deleito en los adagios y los andantes, contengo entonces la respiración y dejo que mi sangre se haga música, me olvido del oxígeno, llego hasta la pequeña muerte, entregada a la tristeza de las notas más apagadas y los tiempos más lentos y me desgarro.

Así era Cansares en su interior recóndito: pesado, muerto, putrefacto. No a la manera que dice Tesa. Yo no creo que el campo sea hipócrita, ni que haga feo al hombre. Al revés: el campo es la única dignidad que le queda al hombre, fuera de la música y del arte. Un vínculo sagrado con su origen, sea cual sea, misterio por misterio. Pero aquella muerte lenta de Cansares, del campo, de sus viudas, era el prólogo de la muerte del hombre. Eso mismo, el prólogo de la muerte del hombre, dice Yárchik que es la música de Mahler. Así sentía yo a Cansares.

Así, hasta que el campo fue habitado por la música y por Tomi. Y por

el violín

fue el verdadero refugio de Irene. Pasaba parte del día paseando por los caminos, ajena a la lluvia, y la otra parte en su habitación, estudiando. La profesora le había puesto trabajos de verano nada exigentes, casi agradables, pero ella misma se encargaba de enfrentarse a sus propias torturas: posiciones de los dedos que le costaban un verdadero esfuerzo, cambios repentinos en busca de la precisión absoluta. Lo afrontaba sin pasión, una forma de gimnasia alienante. Mientras trabajaba una y otra vez sobre la misma dificultad, no sentía el paso del tiempo. Ni siquiera se acordaba de la cercanía de sus padres.

Al menos, en el desayuno, la comida y la cena, compartía la mesa con ellos. Irene esperaba que aquellos ratos juntos fueran el principio del reencuentro. Y fue durante una de las cenas cuando Horacio la abordó.

–Irene, han pasado cinco días, y ya que estás aquí, te necesito.

Irene siguió masticando sin mirarle. Sabía muy bien que aquel «ya que estás aquí» era falso. Incluso sospechaba que no habían ido a Cansares ni por su paisaje, ni porque resultara barato y hubiera que ahorrar para sus estudios en el extranjero, ni mucho menos porque hubiera elegido un sitio tranquilo en el que ella pudiera trabajar. Le daba la sensación de que lo único cierto de todo era lo último que había dicho: «Te necesito».

–Sabes que me vendrías muy bien para trabar contacto con ese chico.

Ángela trató de ayudar a su marido:

–¿Cómo se llama?

–Tomás Cándido.

El apellido provocó una ligera conmoción en Irene. Era un nombre poco común, pueblerino, que hizo que se sintiera mal de inmediato. Como si no tuviera derecho a turbar la paz que, de una manera vaga, le inspiraba no el nombre, sino la propia palabra: cándido.

Mientras masticaba, escuchó lo que decía su padre.

–Podría citarle en el hospital, pagarle el viaje y lo que fuera, pero prefiero estudiarle aquí, en su medio.

–¡Papá! –estalló Irene.

–¿Qué? ¿Qué he dicho ahora?

Horacio parecía sinceramente extrañado.

Irene prefirió callarse. Engulló un trozo de pan con queso y masticó mirando al plato.

–Irene, te estoy preguntando: ¿qué he dicho que te ha ofendido tanto?

Ángela intentó arreglar la situación, pero Irene decidió hablar:

−Estudiarle en su medio... ¡Parece que hablas de un animal!

Al decirlo, sostuvo la mirada de su padre.

Horacio encajó mal el golpe. Cuando se veía descubierto no reaccionaba. Bajaba la cabeza y fingía interesarse en la comida, en el periódico, en lo que tuviera entre las manos.

−Si no quieres, no me ayudes.

−Irene... −la voz de Ángela sonó triste, compungida. Parecía que fuera a echarse a llorar, suplicando a su hija que hiciera un esfuerzo.

Irene puso los ojos en blanco, un anuncio de su rendición. Los días eran monótonos en Cansares, y fuera quien fuera el tal Tomás, le pasara lo que le pasara, podía ser una distracción. Y, además, se había hecho a sí misma la promesa de que aquellas vacaciones cambiarían las cosas con sus padres.

Pero no daría su brazo a torcer tan deprisa. Su padre tendría que esperar, al menos, hasta la mañana siguiente. Antes de desayunar estuvo haciendo ejercicios con el violín. Era su particular manera de prepararse para la ducha: afinaba, abría un cuaderno de ejercicios y la emprendía con el arco contra las cuerdas, tan deprisa como podía. Los *martellés*, casi una especie de percusión con las cuerdas del violín como platos y tambores, tenían que ser exactos, justos. Si fallaba volvía a empezar. Una y otra vez.

Al final, satisfecha, se duchaba con la respiración aún agitada.

−Buenos días.

Horacio respondió con algo semejante a un gruñido.

−¿Qué hay que hacer? −preguntó Irene, de espaldas, mientras calentaba leche.

−Hacer... ¿de qué?

–Lo sabes bien, papá.

Se volvió y sonrió. Sabía que su padre lo estaba esperando.

–Ven.

Y con los brazos abiertos.

Se abrazaron un momento, pero con excesiva rigidez. Irene se sentía tonta, con el vaso de leche en una mano y un paquete de magdalenas en la otra. Se desasió tratando de no resultar brusca, y se sentó.

Volvió a oír el nombre de Tomás. Tomás Cándido. Tenía dieciocho años y vivía con su madre, sin hermanos. De su padre no se decía nada. El chico había ido al hospital comarcal por un problema en la aorta y, finalmente, le habían operado en la ciudad. Allí había sido sometido a una prueba y le habían diagnosticado el síndrome de Williams.

Irene recordó entonces, con bastante claridad, lo que su padre había dicho sobre el síndrome de Williams en aquella cena, con el tío Ramón y los primos de Zaragoza: que eran pequeños y con cara de duende, y que en la antigüedad habían sido el origen de los mitos sobre elfos, gnomos y hadas.

–Lo que me interesa es saber de verdad si ese chico tiene una capacidad musical fuera de lo común.

Al oír «capacidad musical», Irene comprendió por fin cuál iba a ser su ayuda. O cuál esperaba su padre que fuera. No dijo nada.

–En el historial que le hicieron hay un curioso informe de un psicólogo. Dice que Tomás es un poco retrasado, pero que tiene una notable memoria musical y que al parecer toca el violín muy, pero que muy bien, sin que nadie le haya enseñado.

Horacio esperó a que Irene dijera algo. Ella pensaba que aquello era una tontería. Una tontería más. Nadie toca el violín «pero que muy bien» sin que alguien le haya enseñado. Y advertía un cambio importante en la opinión de su padre. Aquella primera vez, con el tío Ramón, había hablado de la supuesta capacidad musical de los afectados por el síndrome de Williams con evidente desprecio. Ahora, el desprecio había desaparecido por completo.

Pero no dijo nada, y Horacio siguió hablando.

Para él, se trataba de una oportunidad única de saber si de verdad esa capacidad musical era innata en los chicos con síndrome de Williams, algo que se venía diciendo en los últimos diez años, o si se trataba solo de una obsesión como coleccionar sellos o cajas de cerillas, alentada por unos padres ansiosos de que sus pobres hijos destacaran en algo.

–Tomás dejó de ir al colegio a los doce años. Intentaron que siguiera, según el informe, pero no hubo manera.

–¿Por qué? –preguntó Ángela.

Irene dudó de que no lo supiera ya, de que no estuviera colaborando con Horacio para tratar de interesarla en el tal Tomás.

–Parece que de niño fue muy popular en la escuela de Cansares. Son simpáticos y cariñosos. Pero al hacerse mayores, los demás chicos comienzan a hacerse crueles. Les molestaba.

Irene no necesitaba mucho más para imaginar la situación. Lo había visto con algunos compañeros en el colegio. Cuando los demás empezaban a tontear, el retrasado se convertía en un estorbo; ya no era simpático, sino «pesado». Y también había observado el rechazo, en su expresión más dura, de Yárchik, porque también él era diferente e incómodo.

–El chico se sintió rechazado y decidió irse –continuó Horacio–. Y su madre no colaboró nada. No ha recibido más clases de música que las del colegio. O sea, que lo que sea capaz de hacer con el violín es de su cosecha. El informe del psicólogo dice que tiene «oído absoluto».

Oído absoluto. Irene temblaba al oír aquella expresión. Era lo que se suponía que ella tenía cuando era niña. Ahora sabía que no. Que tenía un gran oído, pero no absoluto; que era muy dotada, pero no superdotada. Por un momento sintió pánico, como si la examinada fuera ella. Pero no; el examinado era aquel chico, Tomás.

Irene podía anticiparse a lo que su padre le iba diciendo: «Quiero que te hagas amiga del chico. Quiero que lleves tu violín. Quiero que le escuches tocar el suyo. Quiero que toques con él. Quiero que le tiendas trampas. Quiero que averigües si es verdad que tiene oído absoluto, quiero...». La palabra «trampas» casi hizo que volviera a saltar. Pero se contuvo.

−¿Dónde vive?

−La casa se llama Las Esquilas −se apresuró a decir Horacio−. No está lejos, pero no lo sé con exactitud. No he querido hacer preguntas, para no alertarle, ni a él ni a su madre.

Irene asintió. No necesitaba escuchar nada más. Ahora sabía que sus sospechas eran ciertas. Que su padre hubiera sido capaz de no hacer una sola pregunta era la mejor prueba de que todo era un plan trazado de modo minucioso. Habían ido a pasar el verano en Cansares solo por Tomás. No era solo curiosidad, ni una coincidencia, sino algo más importante. Y ella era parte del plan.

−¿Por qué te encoges de hombros?

Le sorprendió la pregunta de su padre, porque no era consciente de haberlo hecho. Se ruborizó. Pero se guardó la respuesta que había acompañado a su gesto automático: «Allá tú».

Después de comer se tumbó en la cama tras correr las cortinas. Quería leer, levantar una barrera de personajes y aventuras que la aislaran de la realidad. Había desechado *Todas las mañanas del mundo*, un relato sobre música y músicos prestado por Yárchik y había comenzado *La biblia de neón*, una inquietante novela norteamericana, una de las lecturas favoritas de Tesa.

Se durmió con el libro sobre el pecho. No sabía cuánto tiempo había transcurrido cuando una mosca la despertó. Abrió los ojos y se levantó con ansiedad. Deseaba que el día se hubiera puesto lluvioso, y tener así una excusa para aplazar su primera jornada de busca de Tomás.

Pero al correr la cortina vio que el tiempo no podía ser mejor. Los árboles dormitaban y en el cielo pastaban las nubes mientras en la hierba lo hacían las vacas. Tan perfecto, tan invitador al paseo que sintió una náusea.

Para ahuyentarla puso una cinta de Lou Reed en su walkman, a todo volumen, y acompañó sus ritmos con el violín, sintiendo sus notas solo en la vibración de los dedos. Daba vueltas alrededor de la cama, bailando con los pies una mezcla de rock y vals, hasta que sintió que el sudor comenzaba a rodar por sus axilas y su frente.

Se detuvo y volvió a mirar por la ventana. El sol iluminaba los picos lejanos. Guardó el violín, detuvo a Lou Reed en medio de una confesión morbosa y se metió en la ducha.

Su madre había averiguado hacia dónde debía dirigirse para acercarse a Las Esquilas, la casa de Tomás. Irene la escuchó sin ganas, seria, sin apenas preguntar nada. Se colgó la mochila con un bocadillo, una manzana y una botella pequeña de agua, abrazó el estuche del violín, le dio un beso a Ángela, sonrió y salió.

Conocía el camino, o al menos una buena parte. Lo había recorrido más de una vez, en sus primeras excursiones sin rumbo por los alrededores de Cansares. Primero se adentraba en el bosque, bajaba hasta el cauce de un río pequeño, volvía a subir tras vadear el río, y llegaba hasta las vías abandonadas de un tren minero. Nunca las había cruzado.

Al otro lado había extensiones onduladas de hierba segada, y una casa asomando entre un grupo de árboles. No sabía si aquella sería Las Esquilas, ni nadie le había dicho cómo era la casa. Aun así, era el único punto hacia el que dirigirse. Caminó un buen rato sobre la hierba recién cortada. Le gustaba sentir los tallos duros bajo la suela de sus zapatillas deportivas: crujían, casi le hacían cosquillas en las plantas de los pies.

Y allí estaba la casa. Gallinas rojizas picoteando sin rumbo, enseres dejados caer sin orden ni concierto, un tractor muerto con las ruedas delanteras torcidas hacia la nada, aperos herrumbrosos, plásticos negros raídos por el viento, basura.

Las ventanas de la casa encajaban mal, e Irene pensó que tal vez estuviera abandonada. Pero al seguir acercándose vio que de la chimenea salía algo de humo, blanco y tenue. Y junto a ella había una antena de televisión un poco inclinada.

No siguió aproximándose. Caminó en círculo, dejando la casa en el centro de la circunferencia, hasta que llegó al bosque. Pinos y eucaliptos, algún castaño luchando por sobrevivir, y un lecho de tojos y helechos enormes, de un verde desvaído.

Decidió merodear por allí, porque no podía llegar a la casa y preguntar por Tomás.

Se sentía un poco perdida, cuando de súbito se encontró de frente con un viejo. Parecía estar esperándola.

Sostenía un pitillo renegrido entre los labios y una guadaña en sus manos. Era evidente que estaba limpiando la maleza: a sus lados había montones de helechos cortados, y la luz se abría paso entre los troncos con más claridad que en el resto del bosque. Sin tiempo para pensar ni para calcular el efecto de su pregunta se oyó a sí misma diciendo:

–¿Es esa casa Las Esquilas?

Se arrepintió de haber hecho la pregunta de inmediato. El valle era una caja de resonancia y estaba segura de que su pregunta la iba a preceder, de que ya era inevitable.

El anciano se limitó a desprender su mano derecha de la guadaña y dirigió un dedo retorcido hacia el este, justo en la dirección contraria de la casa de la antena doblada.

–Gracias –murmuró Irene, sintiéndose estúpida. Echó a andar en la dirección indicada.

Y entonces escuchó a sus espaldas una especie de trino burlón, un sonido producido con la boca y la mano, la torpe caricatura de un par de acordes.

Cuando se volvió, una docena de pasos más allá, el anciano ya no estaba. Irene pensó que había sido una burla por su violín, pero que igual era algo más, sobre Tomás tal vez.

El bosque murmuraba a su alrededor, se complacía en su oscuridad y su asfixia. Irene se sentía amenazada y recordaba las palabras de Tesa y Yárchik sobre el campo, con una mezcla de angustia y miedo.

Y, de pronto, el bosque cambió. No era el mismo. Irene miró hacia atrás para comprobarlo. A su espalda, una retícula intrincada y muerta parecía extender sus dedos para detenerla. Y a su frente, el bosque clareaba, se llenaba de verdes, de brotes tiernos y de orlas de hojas frescas, de troncos lechosos y de suelo blando. Un poco más adelante encontró un arroyo limpio, empedrado de pálidos cantos rumorosos y rodeado por espuma de hojas de berros y culantrillos. Lo siguió, sin preguntarse hacia dónde iba, sin saber ya si seguía en la dirección que le había marcado el viejo de la guadaña.

Y el bosque se abrió en un fresco valle triangular, de un verde suave, poblado de los mismos árboles que ya había visto antes: tronco muy pálido, casi blanco, y hojas pequeñas. Abedules, se dijo Irene.

Ya, muy cerca, se veía una casa minúscula, no más alta que ella misma: tejado negro, lleno de musgo, sobre cuatro paredes de piedra oscura. El tejado culminaba en un entretejido de pizarras, semejante a los dedos enlazados de las dos manos. De la puerta de la casa salía un pequeño puente de madera, un metro por encima del arroyo.

No era más que un almacén, o un refugio, o tal vez un molino. Estaba vacío, pero limpio, sin una hiedra en sus paredes o una mala hierba a su alrededor.

Irene se sentó apoyando la espalda en una de las paredes, con el rostro hacia el sol.

El lugar respiraba una paz tan grande que le parecía que ella misma la perturbaba con su respiración.

Un motor rugía lejos, muy lejos. Una moto, o una sierra mecánica quizá, en espirales de sonido que eran absorbidas por las laderas del valle.

Los árboles de tronco lechoso guardaban una sorprendente armonía entre ellos. Desde la pared de la casa se podía ver que habían sido plantados siguiendo un orden, de acuerdo a un plan. Dos líneas de árboles pespunteaban el arroyo, que discurría por el valle en tres suaves curvas hasta perderse de vista por la ladera. Al final de cada línea había más árboles, colocados formando algunos grupos compactos, y otros en forma de estrella. No: no había azar en ellos. Su forma, su dulzura de líneas y su disposición hicieron que Irene pensara en música, en un plan, una suerte de composición cuidadosa.

Y, de pronto, supo que alguien la estaba mirando.

Despacio, sin apenas moverse, paseó su vista por la espesa vegetación de las laderas. Nada.

Silencio, apenas el murmullo del arroyo. Tiempo.

El estuche del violín estaba junto a ella, al lado de la mochila. Lo atrajo hacia sí y lo abrió.

La rojiza y pulida madera de ciprés relucía sobre el forro de raso. Al sacarlo, al rozar sus cuerdas, emitió una de aquellas ligeras vibraciones que conmovían a Irene: una especie de carraspeo suave, semejante a una voz humana disponiéndose a cantar.

Pulsó unos segundos sobre cada cuerda con las yemas de los dedos. No necesitaba un afinado perfecto, y en dos o tres giros en las clavijas logró lo que quería. Miró una vez más a su alrededor, sin ver nada.

Y concentrando su vista en los vaporosos árboles del valle, comenzó a deslizar el arco arrancando con una nota al azar, sin saber siquiera lo que iba a tocar. Pero la misma vibración se lo dictó, conectando sus sentimientos, el valle, los árboles y sus dedos: el andante de un concierto para piano y orquesta de Mozart, del que había hecho una particular adaptación para violín. Era un tema vaporoso y sutil que le gustaba de una manera especial a Yárchik, y que le hacía interpretar cada vez que estudiaban juntos. Yárchik lo llamaba *Elvira Madigan*, e Irene no le había preguntado por qué.

Cerró los ojos. El sonido del andante manaba del violín en olas regulares inundando el valle. Irene se demoraba en los compases, los alargaba mucho más de lo que Mozart, y su profesora, hubieran admitido, hasta que el arco sonaba contra la caja.

Cuando acabó, esperó el eco. Pero no lo había. El monte susurraba a su alrededor, algún pájaro emitía destellos de sonido entre las ramas, y hasta había cesado el ruido del motor lejano.

Irene paseó la vista por las laderas, por los árboles y los grupos de helechos. Nada.

Depositó el violín en su estuche con cuidado, pero no lo cerró. Se abrazó las rodillas y cerró los ojos. En su retina quedaba el rastro de la forma cónica del valle, bajo el sol. Se sentía en paz. La melodía del andante seguía en su cabeza, un poema imaginario y dulce al que llegaban, como afluentes, canciones pop, recuerdos de tardes en su habitación de Madrid, tardes con Yárchik, noches con Tesa...

Y entonces escuchó un sonido. Una nota que vibraba en el aire. Un do.

Abrió los ojos y trató de ver de dónde procedía. Y al hacerlo la nota se apagó en el aire. Un do, sí, la nota dominante del andante que había interpretado con su violín. ¿Qué lo había producido? No había sido un sonido puro, como el que producía la cuerda de un violín. Tenía vibración, sonidos armónicos, pero parásitos. ¿Un acordeón?

Volvió a sacar el estuche del violín, lo acunó bajo su barbilla, tomó el arco entre sus dedos y rasgó las cuerdas despacio, repitiendo la misma nota hasta que el arco llegó al final de su recorrido. Lo levantó y aguardó.

Se dio cuenta de que su cabeza seguía apuntando hacia una parte del bosque, la misma que miraba cuando la nota se había apagado.

Se giró un poco, en escorzo, fingiendo que se acomodaba, y lo volvió a intentar: atacó con un poco más de fuerza, desde el inicio mismo del arco: un sonido espléndido y mantenido.

Y lo volvió a oír.

Era una armónica, ahora estaba segura.

Y cometió un error: se levantó, intentando ver a través de la vegetación. Solo llegó a tiempo de distinguir una sombra que se deslizaba por entre los helechos y los troncos de los árboles, alejándose. Un siseo de hojas, y luego nada: pájaros, el sonido dulce y continuo del bosque.

–Imbécil –se increpó Irene. Y se sentó otra vez.

Pensando, sin embargo, se dio cuenta de que aquella nota, una respuesta clara a su andante, había sido

el principio de un diálogo

siempre es corto, espasmódico. Y torpe. Cada vez que conozco a alguien e intento dialogar con él me siento imbécil, incapaz de enhebrar dos frases seguidas con algún sentido. El otro habla, intenta llegar a mí, y yo respondo con un balbuceo, me pongo en ridículo. La primera nota de Tomi fue más que una nota. Decía: «Aquí estoy yo, entiendo tu lenguaje, quiero participar». O tal vez: «Me gusta tu lenguaje, lo entiendo». Yo respondí levantándome, levantando mi cuerpo como el cazador levanta su fusil cuando el perro señala a su presa. Y él se fue.

Siempre, siempre me pasa lo mismo. También con Yárchik. Y eso que al principio era débil, y que habría necesitado aun más mi ayuda. Yárchik era un cachorro asustado cuando llegó al instituto hace dos años. Llevaba un año en España. Venía de un instituto de Santander y no sé muy bien cómo había podido aprobar, porque su castellano era cualquier cosa menos correcto: divertido, encantador, pero lleno de errores y frases mal elaboradas que lo hacían aún más difícil de entender. Sobre todo cuando se empeñaba en ir fuera de los caminos trillados.

Si se hubiera limitado entonces a hablar el lenguaje de la tribu y a responder a los profesores con las frases cortas y simples que ellos esperaban, Yárchik no hubiera tenido ningún problema. Pero a los profesores los mareaba con alusiones a la historia, a la política, a su desconocida y lejana Ucrania. Y a los compañeros los despreciaba, los aturdía con sus lecturas de los clásicos rusos, y también de la *Odisea*, la *Eneida*, *La Divina Comedia*, las obras de Kafka... Resultaba altivo y, la verdad, un poco insoportable.

Nadie en la clase sabía jamás de qué hablaba Yárchik, y cuando se volvía de espaldas se tocaban la sien, con un desprecio y una burla de los que creo que Yárchik nunca fue consciente. Incluso su ropa era distinta de la de los demás: ni chándal, ni zapatillas de deportes: pantalón, camisa formal y muy planchada, y botas de cuero reluciente. Un marciano.

A mí también me despreciaba, al menos al principio, hasta que no supo que tocaba el violín. Yo era una más, aunque para mí, él no lo fuera. Pero, como siempre, no supe hablar. Ni siquiera responder.

Una mañana dejé en mi mesa una novela de Rosamund Pilcher que mi madre se había empeñado en que leyera, y Yárchik la vio:

–Los best seller son tontainas –dijo.

Me reí de la expresión, seguramente repetida de memoria, y él creyó que me reía de lo que había dicho. Lo peor es que estaba de acuerdo, por completo, con lo que había querido decir. Pero, a veces, es difícil escapar de la presión del grupo. Según la clase, el tontaina era él. Y yo, cuando me di cuenta de que se iba despreciándome, aunque fui consciente de que los demás habían oído todo, no fui capaz de aclarar, ni a él ni a ellos, que no me reía de Yárchik, que no opinaba lo mismo que ellos.

Imbécil, débil. Así fui, así soy. Me pregunto si la vida no es la distancia entre lo que sé que debo de hacer y lo que hago. Un vacío insoportable y lleno de angustia, una charca de insatisfacción.

Tesa vino en mi ayuda.

—Un chalado —dictaminó. Y puso sus ojos en blanco, sus ojos de fundir hierro.

Pero Yárchik no era un chalado. Poco a poco iba cobrando seguridad, y su castellano se hacía más y más comprensible, aunque no se simplificara, sino todo lo contrario. Era bueno en todo. Y ponía todo en cuestión, ante la perplejidad de los profesores, poco acostumbrados a tal atrevimiento.

Durante meses supe que debía hablar, deshacer el equívoco de nuestra primera conversación. Pero me sentía sin fuerzas para hacerlo. Y la poca fuerza que lograba reunir era tragada por Tesa. No le mencionamos nunca, pero me paralizaba, me aterraba intentar un acercamiento hacia Yárchik, porque sabía que Tesa hubiera reaccionado con burlas y con ira: un chalado.

Fue él, una vez más, aunque no hablara para mí. Fue él, y, como con Tomi, también fue la música.

Teníamos una charla sobre drogas en clase de filosofía. El típico discurso moral y archisabido. El profesor dijo que la intención del que se drogaba era escapar de sí mismo, y que eso era una tontería.

Yárchik levantó su brazo. Hubo risas irónicas. El profesor le dio la palabra, con una sonrisa en sus labios. Fue un gusto ver cómo se iba petrificando.

Yárchik dijo que las drogas son estúpidas porque son externas, no porque sirvan para escapar de uno mismo. Que escapar de uno mismo podía ser negativo o positivo. Y que era positivo cuando eso servía para fundirse con el mundo, con el universo.

—Muchos músicos han sentido eso mientras tocaban: es el sentimiento oceánico.

Oceánico.

Si pusiera un título a este cuaderno mío, sería ese: oceánico.

Cuando lo dijo, un compañero soltó una risotada. Pero fue el único. Todos nos quedamos expectantes, incluida Tesa, a mi lado. Y yo más que nadie.

—Sí —dijo el profesor, intentando quitarse la sonrisa congelada de los labios, tratando de aparentar que sabía de lo que hablaba Yárchik. Pero casi nadie sabe, casi nunca, de lo que habla Yárchik. Ni el profesor de filosofía.

No le dejó seguir. Desvió la charla como pudo y dejó de hablar de las intenciones del que se drogaba. A partir de ese momento drogarse era malo, y punto. Sin profundidades peligrosas.

Yo miraba a Yárchik de reojo. Sus mejillas arreboladas, sus ojos oscuros fijos en el profesor, esperando algo que yo sabía que no iba a llegar.

A la salida de clase me desprendí un momento de Tesa, por fin, para preguntarle a Yárchik si tocaba algún instrumento. El vínculo de la música me daba fuerzas. Me dijo que sí, que tocaba la viola. Yo le dije que estudiaba violín, que estaba preparando el primer examen de promoción, y me miró de un modo distinto.

Añadí que me había gustado mucho lo que había dicho, pero que no lo había logrado entender del todo.

No era verdad, o al menos no toda la verdad. Lo intuía: a veces, yo misma sentía que el mundo desaparecía mientras tocaba. Entonces solo había música. La música que alguien había escrito, cien o doscientos años atrás, pero que de pronto era también mía, sin partitura, sin códigos: solo música, a mi alrededor, debajo de mí, encima de mí, dentro de mí.

Yárchik me acompañó hacia casa. Cuando nos alejábamos, sentí la mirada de Tesa sobre nosotros. No la vi, pero la percibía.

Fue el padre de Yárchik quien le había hablado del sentimiento oceánico, algo sobre lo que al parecer se ha escrito mucho, desde Freud hasta hoy, pero que incluso los místicos de todas las religiones conocen y han conocido muy bien. Alguien escogió la idea del océano porque, es verdad, en ese momento todo desaparece y te sientes como en el océano, sin ninguna referencia a la vista.

Fue entonces cuando supe que los padres de Yárchik eran músicos. Él toca el chelo y su madre la travesera, ambos en la orquesta municipal; tienen un grupo de cámara y dan clases.

Cuando me despedí de él me quedé en el portal, espiándole. Se alejaba a tumbos, un poco despistado, pero encantador.

El sentimiento oceánico había despertado en Tesa sentimientos volcánicos. Había llamado ya, y mi madre me dijo que la llamara enseguida. Urgencia, siempre, algo clásico en Tesa.

Esperé un buen rato, antes de hacerlo. Dejé pasar la comida, imaginando su impaciencia, disfrutando de la situación con una pizca de maldad. ¿No es eso lo que habría hecho ella?

Cuando por fin llamé parecía estar en el cuarto de calderas. Echaba presión a través del hilo telefónico. De inmediato se puso a rebatir lo que había dicho Yárchik en la charla, sin mencionar que nos había visto irnos juntos, algo de lo que yo estaba segura.

Entonces ella no entendía nada aún, ni siquiera lo que quería decir. Teníamos quince años y aún no nos era posible entender algunas cosas del todo. Pero Tesa ya apuntaba hacia lo que es hoy, hacia lo que dice hoy. No ha dejado de hablar del tema durante dos años.

Para ella, ese sentimiento de abandono no es posible sin agentes externos: droga en el caso de los músicos de rock and roll, ayuno en el caso de los místicos, daba igual. «Janis Joplin, Jimi Hendrix, Jim Morrison, prefirieron abandonarse del todo, prefirieron quemarse.» Yo no estoy de acuerdo, le digo que se equivoca, que ningún camino es el único camino, que el abandono mientras toco, algo que de vez en cuando llego a sentir, no es nada que busque, sino algo que alcanzo, una especie de éxtasis.

Y aquel fue mi torpe inicio de diálogo con Yárchik, pero también el principio de mi distanciamiento de Tesa. La música y los libros de Yárchik empezaron a entrar en mi vida. Hasta entonces mi relación con la música clásica venía directamente de mis padres, y mi relación con los libros, de Tesa.

No es que Yárchik sea un optimista; al revés: es profundamente pesimista con todo lo que ve a su alrededor, y especialmente con respecto a nosotros, los jóvenes. Por suerte, yo no entro en ninguna de sus categorías de jóvenes: cerdos, y jabalíes: una distinción sutil. Los cerdos son los que se limitan a hozar en la charca, sin dar nada a cambio. Los jabalíes son los que se llevan todo por delante con tal de poder hozar, de conseguir lo que quieren. Yo hago música, toco el violín, y para Yárchik esa es una de las mayores contribuciones que puede hacer a los demás un ser humano.

Me salvo: ni cerda, ni jabalí. Tesa es de los segundos, dice Yárchik. «Si le apeteciera algo, haría cualquier cosa por conseguirlo.» Sus ojos se humedecen cuando lo dice.

Ha visto demasiado en su país, y sin embargo dice que allí los jóvenes son mejores. Una opinión que va cambiando cada verano, cada vez menos positiva, después de pasar allí algunos días con sus padres. Supongo que es algo tan sencillo como que sus amigos crecen. Como los míos. También parecían llenos de vida y de inquietudes cuando íbamos al colegio. Hay que verlos ahora. Hay que verlos.

Pero tengo a Yárchik. Y he tenido, cobarde, a Tomi. Cobarde, cobarde, cobarde.

Me refugio en el recuerdo, al menos. Y en el

sentimiento oceánico

era una idea musical, pero Irene pensaba que también el paisaje podía llegar a causar en ella esa misma fusión, esa pérdida de contacto con el suelo, para pasar a formar parte de él. Ya conocía el camino, y no se le hizo tan largo como el día anterior. Era un camino hermoso, y representaba para ella una especie de liberación. Los pasos eran como notas, avanzando por el pentagrama. Y a medida que se acercaba a Las Esquilas, sentía que el paisaje la aceptaba, la hacía parte de él, como el pentagrama se entrega a su ejecutor, hasta que la composición no pertenece ya a nadie. Adentrarse en el valle le causaba esa sensación, que se añadía al alivio de alejarse momentáneamente de sus padres. Intentaba estar bien con ellos, pero no lo conseguía. No les había revelado nada de la armónica, de la nota sostenida en el aire. Hubiera querido hacerlo, pero una parte de sí misma se resistía. Y se había limitado a decir que no había encontrado la casa, que lo volvería a intentar.

Ángela había mirado hacia Irene toda la noche de una manera especial; con cariño, pero sin verdadera intimidad. Quería acercarse a ella, pero Irene se sentía a disgusto, porque sabía que les estaba ocultando algo, a los dos.

Un paso más, un metro más lejos.

Y las negruras del monte cerrado se disolvieron en la armonía del pequeño valle de los abedules. Y con las negruras, los recuerdos agobiantes.

Avanzaba como por el cristal, camino de la pequeña cabaña de piedras y pizarra. Temía que sus pasos fueran de nuevo una traición a la paz del valle, que ahuyentaran a quien hubiera producido aquella nota que no olvidaba.

Se sentó con cuidado. La espalda reposó contra la pared, y sintió el calor del sol almacenado por la piedra.

No esperó mucho. Se sentía observada desde algún lugar del monte, pero nada se movía en él, a excepción de los pájaros que iban de rama en rama. Alguien había colgado trapos blancos de algunos de los abedules. O tal vez eran trozos de plástico. El valle, con aquellos colgantes blancos, de un modo vago le recordaba a Irene a las imágenes del Tíbet, con sus banderas de oraciones.

Mientras abría el estuche del violín notó que el corazón se le aceleraba. Había afinado las cuerdas en Cansares, antes de salir, para no perder un instante.

Al azar, sin pensar siquiera en ello, escogió un cuarteto de cuerda de Haydn cuya parte se sabía de memoria, también en tonalidad de do mayor, como el andante de Mozart. Imaginaba el resto del sonido y dejaba que sus dedos y el arco produjeran la música.

Le gustaba Haydn, le hacía pensar en calles vacías con papeles llevados por el viento y coches deslizándose sin motor.

Irene creía poder ver las ondas del sonido, inundando el valle, sumiéndose en la espesura de las laderas, acariciando las tiernas hojas de los abedules, jugando con los trapos colgados de sus ramas.

Cuando el sonido cesó, esperó con el arco cerca de las cuerdas, a un centímetro apenas. Notaba los músculos de la espalda tensos y las ventanas de la nariz abiertas, como si esperara oír algo con ella.

Pero no hubo respuesta. Solo el silencio.

Tal vez debía haber retomado la conversación donde la habían dejado el día anterior: el do, en solitario, tan largo y sonoro como pudiera. Lo intentó. La resina y las crines del arco hacían vibrar la cuerda y el sonido volvía a sobrevolar el valle.

Esta vez, no tuvo que esperar mucho. Ahí estaba el sonido de la armónica, bastante bien afinado con el que ella había producido con el violín. Sintió un hormigueo en los brazos y las piernas, y un ligero sabor acre en la boca.

La armónica se detuvo con lentitud, hasta que dejó de oírse. Irene no levantaba la cabeza. Temía cometer el mismo error, asustar a... ¿Tomás? Sí, estaba segura. Tenía que ser él.

Dudó un instante, pero por fin hilvanó las dos primeras notas del cuarteto de Haydn.

Silencio. ¿Qué pasaba? ¿Por qué no respondía? No era tan difícil. Repitió las dos mismas notas.

Nada.

Fue el instinto el que le dictó: *Elvira Madigan*, la adaptación del andante de Mozart que había interpretado el día anterior.

Tocó unos compases, levantó el arco, dejó pasar apenas dos segundos y atacó de nuevo las tres notas iniciales.

Tensó de nuevo la nariz, esperando.

Y las tres notas volvieron desde el bosque, desde la armónica invisible. Casi idénticas, acompasadas...

¿A cuánta distancia estaba? No era igual que calcularlo en una sala cerrada. El valle amortiguaba el sonido, y la vegetación podía estar alejándolo. En todo caso, no más de veinte metros.

Sin duda, a quien fuera le gustaba el andante más que el cuarteto de Haydn. A Irene también.

Incluso, tal vez, lo conocía. Pensó en invitarle a seguir. Inició otra vez los primeros compases, yendo un poco más lejos, y se detuvo en seco.

Pero la armónica se limitó a reproducir los mismos compases: ni uno más, ni siquiera una nota.

«Ahora te esperas», pensó Irene. «Pídeme que siga.»

Un minuto. El arroyo murmuraba voces de mujeres parloteando. Un mirlo salió del bosque entre gritos enérgicos y sonoros. Y la petición se produjo. Volvió desde el principio hasta el mismo punto y dejó la última nota con levedad, una pompa de sonido flotando en el aire.

Irene sonrió. ¡Bien! Ahora iba a saber lo que era bueno. Siguiendo el tempo perfectamente, tocó el andante completo, tal como le gustaba a Yárchik.

No tuvo que esperar nada. La respuesta no tardó en llegar ni un segundo, como si quien fuera hubiera dicho: «Espera, antes de que se me vaya...».

Irene no pudo evitar una ligera sonrisa: Tomás, si era él quien tocaba, iba un poco deprisa con la armónica y se había hecho un pequeño lío enseguida, pero había salido muy bien de él. Ya podía estar segura: no conocía el andante. Lo estaba reproduciendo, en la medida de sus posibilidades y también de las de la armónica, un instrumento muy pobre al lado de la versatilidad del violín.

El andante de la armónica, una deliciosa excentricidad, imperfecto y algo precipitado, pero tan aplicado como delicado, había concluido.

¿Y ahora?

Irene no se atrevía a moverse. Tal vez fuera suficiente por aquel día.

Y, sin embargo... Habían interpretado cada uno su andante. ¿Se atrevería el dueño de la armónica a intentar un dúo?

Bastaba con intentarlo. Un compás, dos, tres... Tensaba el oído, esperando poder oír por debajo del sonido, demasiado cercano, de su propio violín.

¡Y allí estaba! Siguió, siguieron... Era una sensación deliciosa, excitante... Fuera Tomás o no, la acompañaba. Su armónica no llegaba a algunas notas, y entonces quien la tocaba optaba por un acompañamiento armónico, una octava por debajo.

–¡Bien! –susurró Irene.

Y, poco a poco, se abandonó al sonido, a los dos sonidos, hasta que sus pies y su trasero perdieron contacto con el suelo, su espalda con la pared, y la cabeza pareció fundirse con el cielo: el sentimiento oceánico.

Cuando acabó, no supo siquiera que había acabado...

Estaba agotada. Se daba cuenta, de pronto, de que toda su espalda había soportado el esfuerzo en una tensión extraordinaria, justamente lo que le decía la profesora que no debía hacer nunca.

Bajó el arco y respiró con profundidad.

Miraba fijamente hacia el bosque, esperando verle aparecer en cualquier instante. ¿Y si no aparecía? Irene pensó en Yárchik. Él, con su sorprendente forma de juzgar a las personas, hubiera sabido qué hacer.

Guardó el violín en el estuche; no era bueno que le diera el sol, a pesar de que no lo alcanzaba de lleno.

Nada se movía.

Esperaría. Si avanzaba un paso hacia el bosque, el desconocido volvería a escapar.

Y cuando quiso reaccionar ya era tarde: el inconfundible sonido del roce de la ropa entre la maleza le indicó que el misterioso ser de la armónica se alejaba. A toda velocidad se levantó, abrió el estuche, tomó el violín y le sacó dos notas con el arco: fa, sol...

Bajó el arco. Un segundo, dos. No se oía nada. Un segundo más...

Fa, sol... la armónica, una octava más alta.

Irene sonrió.

Su violín dijo: sol, la...

Y la armónica contestó del mismo modo: sol, la, una octava más alta.

Irene tradujo en voz baja.

–Sí, hasta mañana.

Al cabo de unos minutos se oyó el ladrido de un perro, entre nervioso y alegre.

Irene se colgó la mochila, acunó el estuche del violín contra el pecho, se internó en la orilla opuesta del valle, y avanzó entre zarzas y helechos, agachándose un poco. El ladrido del perro le servía de orientación.

Poco después, donde acababa el monte, vio una casa justo en la dirección en la que se perdía la línea sinuosa del arroyo.

Era pequeña, de un color desvaído, con un cobertizo de ladrillo rojo al lado. En efecto, el perro estaba allí, corriendo en círculos. Pero no se veía a nadie. Hasta que apareció.

Irene estaba muy lejos, y apenas podía distinguir sus rasgos. Salía de la casa con algo en la mano. Se inclinó hacia atrás, y el objeto, tal vez un palo, salió despedido por el aire, hacia unas matas. El perro salió corriendo emitiendo una especie de gemido de excitación que taladró el silencio del valle. Irene creyó oír una risa.

Ahora le veía mejor, porque le daba el sol de frente. Parecía tener el pelo claro. Se agachó y aguardó, hasta que el perro se acercó a él, con el palo recuperado en la boca.

Estuvieron juntos unos instantes, hasta que él se levantó y el perro comenzó a saltar y ladrar a su alrededor. Irene no pudo evitar pensar que ladraba en la, muy agudo...

El ladrido del perro llegaba hasta ella con retraso. Veía cómo su cabeza se convulsionaba, como un guiño en la distancia, y el sonido tardaba en llegar un poco más de un segundo. Irene estaba segura: aquella casa era Las Esquilas, y el chico del pelo rubio, Tomás. Su amigo, gracias al violín y la armónica, a la música.

Yárchik había dicho una vez que llegaría un día, dentro de tal vez miles de años, en el que los seres humanos

hablarán con música,

y Yárchik lo repite siempre con la misma seguridad. Dice que la música contiene mucha más información que las simples notas. Y que no es una cuestión de simples sentimientos, sino de matemáticas. Que solo hace falta que el cerebro desarrolle la capacidad de producir y de leer esa información. Que algunos, como Mozart, podían hacerlo, y que en su música siguen vivos los mensajes, esperando las mentes que lleguen a ser capaces de leerlos.

¿Hablar con música? Cuando vi de lejos a Tomi, después de nuestro cruce de notas en el valle, me di cuenta de que eso era lo que habíamos hecho.

Yárchik me dijo que un escritor francés, del que no recuerdo el nombre, escribió que tal vez esa fue una posibilidad del hombre, de todos los hombres, antes del nacimiento de la palabra, pero que al elegir la palabra también había elegido la posibilidad de la mentira.

Por eso decidí llamarle aquel día, cuando Tomi y yo intercambiamos nuestro segundo mensaje con el violín y la armónica: «Gracias, hasta mañana, hasta mañana...».

El primer mensaje había sido emocionante: «hola», decía Tomi con su do. Pero era un hola incierto, balbuciente, al que yo no supe responder, torpe como siempre. El segundo día, sin embargo, cuando interpretó conmigo el *Elvira Madigan*...

Por la noche logré hablar con Yárchik. Se puso contento al oír mi voz, me contó atropelladamente su viaje a Ucrania, sus paseos por Kiev con sus amigos, cómo iban creciendo y distanciándose, las anclas que les había echado para que no siguieran perdiéndose...

«Necesitan la belleza, pero la confunden con lo bonito.» Una vez más dudé de su curioso castellano, en el que siempre se mezcla la ingenuidad con la profundidad. Pero no era ingenuidad esa vez. Decía que sus amigos, todavía un año antes enamorados de la belleza, se iban dejando ganar por el deseo de atrapar entre sus dedos todo el brillo occidental, lo superficial, lo barato: lo «bonito». «Yo les dije que ese mundo es mentira, que la imagen de televisión es una invención de los esclavos de los ricos para complacer a sus amos...»

Puedo repetir sus frases: dejan en mí huellas indelebles: «Y que el que no puede poseer todo lo que contiene esa imagen es desgraciado, cada vez un poco más, y más, y más...».

Le escuchaba y pensaba en mi amigo de la armónica, en su valle poblado de abedules, plantados de una manera intencionada, en los colgantes blancos, de misterioso significado. La belleza...

Por fin pude hablar. ¿Qué le dije? Recuerdo mejor sus frases que las mías. No estaba muy segura de lo que estaba viviendo, así que fui cauta. Y eso se sumó a mi habitual torpeza para explicar las cosas con palabras. Pero Yárchik me escuchó con atención. A veces le preguntaba si seguía oyéndome. Y sí, me oía. Cuando acabé, me preguntó: «¿Vuelves a verle pronto?» «Mañana», le dije. Y añadí: «O por lo menos, a escucharle».

Se quedó un rato en silencio y por fin dijo: «Olvida a Haydn, olvida a Mozart. Olvídate de las clases, olvídate de todo. Habla con el violín. Escucha su armónica, y contéstale. Se acercará a ti. Lo está deseando. Y yo también».

Hace tiempo que estoy enamorada de Yárchik. Cuando empezamos a estudiar juntos, mientras tocábamos o repasábamos las partituras, me moría por sentir el roce de su mano, por oír su respiración cerca, por mirar de frente en sus ojos, tan ingenuos y tan sabios. Si él acariciaba las cuerdas de su viola con el arco, yo notaba la vibración en todo mi cuerpo, como si extrajera música de mí. Y por un tiempo creí que él sentía lo mismo.

Pero Yárchik vive a cientos de miles de kilómetros: en Marte. Tesa estaba furiosa, porque adivinaba mi enamoramiento. Venía más que nunca a casa, me pasaba cintas y compactos de Patti Smith, me traducía sus letras, me dejaba libros de Kerouac, Gingsberg y Rimbaud, soñaba con que viajaríamos las dos juntas por Estados Unidos, o a Londres; trazaba planes absurdos para irnos juntas a trabajar de cualquier cosa con una mochila a la espalda...

Y, mientras tanto, yo me iba dando cuenta de que Yárchik permanecía en su órbita, sin darse cuenta de la pequeña tragedia que se estaba consumando ante sus narices. Fue la época en la que con menos voluntad propia me dejé llevar por Tesa. Aceptaba sus delirios y añadía detalles a sus planes: yo podría tocar el violín en los centros comerciales de las ciudades del medio oeste, y ella pinchar discos en las discotecas, aportando «un toque europeo» a sus vidas.

Una noche me llamó por teléfono y me dijo: «Escucha».

Y una voz masculina que yo conocía bien, la de Jota, el cantante de los Planetas, sonó a través del aparato:

«Podemos irnos juntos lejos de este mundo tú y yo en un viaje por galaxias infinitas hacia el sol. No queda nada que prolongue mi parada en este mundo ni un solo minuto. Tú y yo de viaje por el sol en una nueva dimensión. ¿Qué podría ser mejor que estar siempre juntos tú y yo? Puedes venir conmigo. Vámonos, tenemos que salir porque ese cielo lanza brazos invisibles hacia mí. Y si vinieras, en el centro de esta estrella pasaría el resto de mi vida. Tú y yo de viaje por el sol en una nueva dimensión. ¿Qué podría ser mejor que estar siempre juntos tú y yo?»

Me quedé muda. Me asusté tanto que pasé una semana sin hablar con ella. Pero, sí, yo ansiaba ese viaje peligroso, llegar a las galaxias que me prometía Tesa. Repetía la canción en mi mente y creía ver en ella promesas imposibles de cumplir, y por eso las ansiaba. Escuchaba a Tesa y deseaba acercarme a Yárchik, al marciano. Y al revés: pensaba en Yárchik y quería emprender el viaje con Tesa.

Vivía una esquizofrenia: Irene contra Irene. Nunca como entonces he escuchado la música de la misma manera: cuando ponía en el equipo a Patti Smith o a la Velvet Underground, pensaba en Haydn; y cuando estudiaba a Haydn, añoraba la suciedad musical de Lou Reed o John Cale. Y, muchas veces, lo hacía al mismo tiempo: con Haydn sonando en el lector «oficial», el de mis padres, «el equipo del genio», y los paseos por el lado salvaje y oscuro de la vida en mis cascos, saliendo de mi *walkman* como un cordón que me unía a Tesa. Nunca admiré más a Tesa, nunca repetí más fuerte ante los compañeros del instituto que Tesa la India era la mejor.

Hasta que un día me di cuenta de que junto a ella buscaba la huida de mí misma, yéndome hasta sus paraísos imaginarios. Ese día supe que tenía que decirme a mí misma la verdad, y que la verdad era que estaba

enamorada de Yárchik,

de su rostro, de sus manos, de su sensibilidad y, sobre todo, de su curiosidad, de su extraña pero batalladora visión del mundo.

Yárchik fascinaba a Irene porque era capaz de dejar sin respuesta a los profesores con preguntas sobre historia, literatura y filosofía. La segunda guerra mundial era su especialidad, y lo sabía todo acerca del papel de la Unión

Soviética, desde la revolución hasta la caída del muro de Berlín. Cuando conseguía hablar, que no siempre lo conseguía, acababa siempre sus respuestas a los profesores haciéndoles a su vez alguna pregunta. Pocas veces tenían contestación. Sus compañeros asistían a aquellas demostraciones del marciano sabio con una mezcla de placer por el ridículo de los profesores y de estupor. Yárchik estaba tan lejos de los demás alumnos, sobre todo de los líderes naturales de la clase –los menos cultos por cierto–, que todos se sentían fuera de juego. Era un partido en el que apenas podían hacer de público.

Aquel día, en clase de Lengua, el profesor hablaba de otros lenguajes que no fueran la palabra, y preguntó si alguien tenía algún familiar o algún amigo sordo. Error. Yárchik levantó la mano, y el profesor no tuvo más remedio, tras comprobar que no había otra mano levantada, que darle la oportunidad de hablar.

–Tengo un amigo sordo, en Ucrania. He aprendido con él parte del lenguaje de signos, y puede ser mejor que las palabras.

El profesor quiso pasar a otra cosa, pero no pudo vencer la tentación de preguntarle a Yárchik por qué.

Yárchik no dudó.

–Porque no hay que pensarlo tanto, viene directo del cerebro. Yo creo que eso es porque el lenguaje de señas fue anterior al lenguaje hablado. La prueba es que es más rápido hablar con signos que hablar con palabras.

–¿Nos lo puedes demostrar?

El profesor parecía sentirse capaz de aprovecharse de la experiencia de Yárchik. Sacó un libro y leyó un párrafo, mientras Yárchik traducía al lenguaje de signos, ante el asombro de todos sus compañeros. Y aun más cuando acabó de traducir antes de que el profesor acabara de leer.

—Pero quisiera hacerle una pregunta —dijo Yárchik de pronto.

El profesor tragó saliva:

—Adelante.

—A lo mejor es una tontería, pero por más que lo pienso no tengo una respuesta. Y nadie ha sido capaz de responderme.

—Dispara —dijo el profesor abriendo los brazos y provocando una carcajada de los alumnos.

—En el lenguaje de signos de los sordos existe uno para decir «sí» con las manos, desde luego.

Levantó la mano y formó una pequeña «o» con el índice y el pulgar, extendiendo los otros dedos.

—Pero en el lenguaje de señas natural no existe ninguna que quiera decir «sí», con las manos.

—¿En el lenguaje de señas natural?

—Sí, el que todos practicamos. Levantar las cejas por asombro, encoger los hombros por ignorancia, ladear la cabeza por duda...

—Ya.

—Decimos «no» con la cabeza o con el dedo, así.

Levantó el dedo índice y lo balanceó.

—Y con las manos podemos decir muchas cosas que todo ser humano entiende, como «tal vez», «así-así», «poco», «mucho» —iba haciendo el gesto correspondiente con su mano derecha—, «luego», «hace mucho tiempo», y muchas cosas más. Pero no podemos decir algo tan elemental como «sí». ¿Podemos decir «no», pero no podemos decir «sí»? Yo no lo entiendo, y me gustaría que usted me lo explicara.

El profesor carraspeó, con la vista vagando por el aula en busca de una respuesta, hasta que levantó el dedo pulgar de la mano derecha.

—Mira —dijo, manteniendo el dedo levantado con el resto del puño cerrado.

—No, señor. Eso fue el gesto de gracia de los emperadores romanos, y el «ok» de los pilotos norteamericanos. Pero no quiere decir exactamente «sí».

El profesor se miraba la mano y movía los dedos, mientras enrojecía. Al final, impotente, dejó caer las manos junto a sus muslos.

—Pues es una buena pregunta.

—Ya.

Yárchik se sentó. No había burla ninguna en su expresión, sino una simple y sincera curiosidad insatisfecha.

Irene le miraba, atónita, mientras un murmullo se elevaba sobre el aula.

Al concluir la clase, en el pasillo, se acercó a Yárchik.

—¿Tú sabes la respuesta?

—¿A qué?

—A tu pregunta.

Las mejillas de Yárchik se llenaron de rubor. Miró a los ojos de Irene y luego desvió la vista.

—No. Siempre me lo he preguntado. Pero la pregunta no es mía, sino de mi amigo Vladimir.

—¿El sordo?

—Sí.

—¿Es sordomudo?

Yárchik suspiró.

—No, ya he dicho que habla lenguaje de signos, mucho mejor que yo con palabras. O sea, que es sordo, pero no mudo.

Y en ese instante en el que los ojos de Yárchik parecieron mirar hacia su interior, recordando tal vez el rostro de su amigo sordo, Irene supo que no haría nada ya por frenar su amor.

Quedaron para estudiar y ensayar juntos en casa de Irene aquella tarde. Y después de trabajar juntos un buen rato, Irene se decidió a hablar, intentando hacer **bajar al marciano de su órbita,** convertirle en su ser humano capaz de amar, hacerle comprender que mi mente le admiraba, pero que mi cuerpo le amaba.

Me río y me sonrojo al recordarlo. Me da vergüenza escribirlo. No escribiré nada más, salvo que mis mejillas eran dos brasas, y que mi pecho jadeaba. Y el estupor de Yárchik, viéndome suplicar. Nunca más.

Ahora sé que el rechazo de Yárchik no fue un rechazo, que cualquier cosa puede ser vista de muchas maneras.

Sudorosa, sollozando, le oí decir que el amor es una flor que se puede tomar por el tallo, por las hojas o por los pétalos. Debía de haberlo leído en alguno de sus libros: que el amor es también compartir y que él compartía conmigo la belleza, y que había un tiempo para el tallo, otro para las hojas, y otro para los pétalos. Y que, se tomara la flor por donde se tomara, la flor era siempre la misma. Le dije, despechada, que eso era una cursilada. Y lo hubiera sido en boca de cualquier otro. Pero no si lo decía Yárchik. Me reí de él para no llorar más por mí. Por la noche le conté a Tesa todo y ella sonrió, triunfante, y sentenció: «Ese chico es gay».

Estúpida, mente plana y siniestra, idiota: Tesa la Idiota.

En un día perdí mi amor y perdí también mis sueños americanos. Irene dejó de luchar contra Irene, y me sumí en mí misma.

Si yo hubiera hablado alguna vez con mi madre, si nuestra convivencia no fuera puramente animal, si yo no hubiera sido la decepción secreta de su existencia, si hubiera sido de verdad su hija, me habría dirigido a ella en busca de ayuda. Habría llorado en sus brazos, hubiera enseñado mi corazón roto y le habría pedido la fórmula de la vida, el secreto de su vida. Habría hecho lo que ella me hubiera pedido con tal de sentirme querida. Incluso ser como ella: puede parecer desgraciada, pero tiene a papá como un seguro.

Estuve muy cerca de hablar, pero nunca nos habíamos acercado tanto como para eso, nunca. Y tampoco entonces lo hicimos. Desconsolada y perdida, solo me quedaba volver la vista hacia mi interior. Y dentro estaba Yárchik. No: no debo mentir. Dentro estaba la verdad de Yárchik. Dentro estaba lo que podíamos compartir, el tallo de su amor, dentro estaba

la música

sonaba con dulzura a través de los altavoces.

Irene había puesto por enésima vez el *Concierto para piano y orquesta número 21* de Mozart. Cada pasaje despertaba en ella el recuerdo exacto de las respuestas de la armónica en el valle de Las Esquilas.

Hubiera querido ser buena cantante para poder acariciar sus notas con la voz. Pero pensar en cantar le hizo recordar algo de manera súbita.

Se levantó de la cama, buscó entre los compactos y encontró *La flauta mágica*, la ópera de Mozart. Recorrió con el dedo los cortes, buscando, buscando... ¡Allí estaba!

Interrumpió de golpe el concierto para piano y violín, colocó en su lugar *La flauta mágica* y fue saltando cortes hasta llegar al que quería:

Los tres muchachos, los geniecillos benéficos del bosque.

No hacía mucho tiempo, Irene había asistido a una representación de la ópera, y luego había leído el libreto. Había quedado maravillada por la ingenuidad y la bondad de Mozart, algo que estaba más allá de las palabras, en los pliegues profundos de la música.

—¿Puedes poner otra cosa?

Era Horacio, que acababa de abrir la puerta de la habitación de Irene, como tantas veces sin avisar.

Irene no se volvió. Comenzó a escuchar a los tres cantantes y se tumbó de nuevo en la cama, ignorando a su padre. Oyó cómo se cerraba la puerta con alivio y abrió el libreto para leer la traducción, hasta que llegó el momento de las palabras que habían vuelto a su memoria:

«¡Cuando nos veamos por tercera vez, la alegría será la recompensa de vuestro coraje!»

Cerró los ojos. «Cuando nos veamos por tercera vez, la alegría...»

Pensó en el consejo que Yárchik le había dado la noche anterior, cuando le contó lo que estaba pasando:

«Olvida las partituras, olvídate de todo, de la posición de tus dedos, de todo lo académico; haz que hable tu violín, escucha su armónica, y dialoga con la música. Él se acercará a ti, seguro.»

Irene le había contado a su padre solo una parte de la verdad: que había oído a Tomás tocar la armónica, pero que cuando había tratado de acercarse a él, se había escapado por el monte.

«Sigue, inténtalo otra vez», le había dicho él.

Pamina, la heroína de *La flauta mágica*, cantaba:

«¿Tú aquí, Tamino? Oí tu flauta... y corrí tras su música.»

Había llegado la hora de volver a Las Esquilas.

Bajó la escalera a toda velocidad, confiando en poder salir sin ver a su padre, porque se avergonzaba de estar engañándole, pero casi se dieron de bruces, antes de llegar a la puerta.

—¿Vas a Las Esquilas?

Irene asintió con la cabeza, y siguió caminando.

–Suerte.

Le molestaba ir así, como si cumpliera una orden de Horacio. Y se sentía mal por ello. Pero al salir de la casa se liberó, se sintió dueña de sus actos: iba a su cita porque deseaba ir. Y cada vez con más fuerza.

Amenazaba lluvia, y se había puesto una cazadora ligera. Tenía calor. Y prisa. Cruzó el arroyo y las vías del tren minero casi de dos saltos, y atravesó la pradera con zancadas decididas.

Misteriosamente, los trapos blancos habían desaparecido de los abedules. Pero el valle parecía el mismo, inalterado, con un verde sedoso, envuelto en los brazos del monte.

La hierba estaba todavía un poco aplastada en el lugar en el que había estado sentada la tarde anterior. Dejó el estuche y la mochila y se acomodó. Había decidido esperar a que fuera él quien comenzara esta vez. En lugar de sacar el violín del estuche, sacó un libro de la mochila.

La biblia de neón. A Tesa le fascinaba el libro porque John Kennedy O'Toole lo había escrito a su edad, a los diecisiete, y porque más tarde se había suicidado, al no lograr publicar *La conjura de los necios*. Irene lo había leído una vez, y lo había empezado de nuevo en Cansares, tratando de ver entre las líneas lo que pensaba aquel chico norteamericano a su misma edad. Le reconfortaba pensar que no todos los que tenían diecisiete años se dedicaban a las mismas tonterías que sus compañeros de clase, aunque Kennedy O'Toole hubiera acabado de manera tan trágica. Pensar en él le hacía pensar también en Yárchik. Yárchik era pesimista, pero nunca recurriría al suicidio, Irene estaba segura de eso.

Yárchik dijo una vez, hablando de la muerte:

–Hay suicidas, y «suividas». Al principio, parecen el mismo, sienten la misma desesperanza. Pero los primeros reaccionan matándose, y los segundos renaciendo. El «suivida» también desaparece, pero vuelve a nacer, diferente y nuevo.

Un ruido interrumpió los recuerdos de Irene.

Y al levantar la vista le vio. Era el mismo chico del perro, estaba segura. Y también de que era el que tocaba la armónica. No venía del mismo sitio de siempre, sino de la ladera opuesta del monte. Era evidente que trataba de hacerse el encontradizo, como si pasara por allí. Llevaba una guadaña al hombro y no miraba hacia ella.

Irene no sabía qué hacer. El chico se alejaba.

Sin haber pensado en hacerlo, se oyó decir:

–¡Hola!

Él se detuvo y la miró, como si le sorprendiera verla allí.

–Ah, hola.

Por unos momentos se quedó inmóvil. Luego bajó la guadaña del hombro y apoyó su filo en la hierba. Cuando lo hizo, echó un vistazo a su alrededor y agitó la cabeza en un gesto nervioso. No sostenía la mirada de ella, lo que hacía un poco incómoda la situación. No es que dirigiera sus ojos a otro lado, sino que, aunque lo intentaba, no lograba mantener su dirección.

Estaban apenas a diez metros, e Irene tuvo la sensación de que si le dejaba ir, la vergüenza le impediría volver. Y de que comenzar de nuevo el diálogo entre el violín y la armónica sería igual de difícil, ahora que se habían visto cara a cara. Pero ¿qué podía decir? Por un momento volvieron a su mente todos los miedos a su incapacidad para hablar.

Fue él quien comenzó:

–Ayer te oí.

Su voz tenía un tono un poco agudo, nervioso.

–Ah, sí –logró decir Irene–. Y yo a ti.

El chico rió y bajó la cabeza, como si comprobar la posición de la guadaña en la hierba fuera muy importante.

–¿Vives aquí? –preguntó Irene.
–Sí, vivo aquí.
Su cabeza señaló con un golpe de cuello hacia el fondo del valle.
–¿Este es el valle de Las Esquilas?
–De Las Esquilas, sí.
Sabía que Tomás tenía dieciocho años, por lo que le había dicho su padre, pero parecía tener menos. Dieciséis o diecisiete. Era rubio y llevaba el pelo corto, con un corte moderno, muy afeitada la nuca y el resto casi de punta. Irene pensó que era extraño, pero no feo.

Cara de duende, había dicho su padre aquella vez. Irene no estaba segura, pero viendo a Tomi pensó que tal vez fuera eso lo extraño: que tenía rasgos de duende. En su caso, era cierto. Un duende del bosque, como los de *La flauta mágica* de Mozart.

Su expresión era simpática, aunque demasiado huidiza e inquieta. Sin embargo, no costaba demasiado imaginarle sereno, y entonces debía de ser incluso guapo, a pesar de que sus dos ojos estaban ligeramente desviados. Lo había imaginado, sin saber por qué, o tal vez por pensar en duendes, mucho más bajo de lo que era en realidad.

–Iba a tocar. ¿Llevas la armónica?
–La armónica, sí.
La sacó del bolsillo, en su estuche curvado. Era una *Hohner* de chapas doradas y fieltro verde. Se notaba que la cuidaba porque brillaba, a pesar de que no había sol.

Ella sonrió y atrajo hacia sí el violín. Abrió el estuche y lo levantó.
–Mi violín –dijo, como si estuviera presentando a una persona, y no a un objeto.
–Tu violín, sí. Muy bonito.
Irene sonrió.

–Suena muy bien –añadió él.

No se había acordado de afinarlo. Lo acunó con la barbilla y probó con el índice y el arco las cuatro cuerdas, ajustando las clavijas.

El chico rió inopinadamente, como si le hiciera gracia la afinación.

–Lo estoy afinando –aclaró Irene.

–Afinando, sí.

Irene tuvo una idea: giró ligeramente la clavija de la segunda cuerda y empuñó el arco. Al pasarlo por las cuerdas, advirtió que apenas había variado la afinación. Pero el chico reaccionó de inmediato.

–Mal.

–¿Mal?

–Sí, mal.

De pronto se puso serio. No miraba hacia el violín, sino hacia los árboles, pero señalaba en su dirección. Irene hubiera asegurado que incluso en la dirección exacta de la segunda cuerda.

Un poco avergonzada, devolvió la clavija a su posición correcta. Al probar de nuevo, le oyó decir:

–Así, muy bien.

–Me llamo Irene –dijo ella, antes de volver a deslizar el arco por las cuerdas.

–Irene, bien.

–¿Y tú?

–Tomi. Tomi, sí.

Al decirlo había enrojecido.

–Es un nombre muy bonito.

Lo decía con sinceridad. Tomás le parecía un nombre muy serio, de persona mayor. Pero Tomi sonaba bien. Y le iba bien. Nombre de duende. De duende guapo.

–Muy bonito, sí –dijo él.

Irene inició un compás. Había oído decir a su padre que Tomás tocaba el violín. ¿Tendría uno?

–¿Habías visto algún violín?

–Algún violín, sí. Muchos violines.

Irene le miró. Seguía allí, de pie, a varios metros de distancia.

–Ven, verás.

Tomi miró detrás de su espalda, hacia el fondo del valle. Parecía que fuera a salir corriendo en cualquier momento. Pero por fin se acercó.

–Siéntate, si quieres.

Tomi dejó caer la guadaña en la hierba y se sentó. Sus brazos eran fuertes, y llevaba una pequeña pulsera de cuerda en su muñeca derecha, un detalle coqueto, de adolescente típico.

Irene no sabía qué tocar. Hizo un arpegio, en busca de la inspiración, hasta que encontró una línea melódica conocida: un ejercicio que hacía tiempo que no ejecutaba, sobre una pequeña tonada.

Tomi volvió a agitar la cabeza y, sin mirar hacia Irene, dijo:

–Lo de ayer, lo de ayer.

–Ah, lo de ayer –dijo Irene.

Y volvió al comienzo del *andante*. Sentía que estaba traicionando a Yárchik y su consejo de olvidarse de *Elvira Madigan* y de las partituras, pero no quería contrariar a Tomi.

Mientras tocaba, la espiaba de reojo. No miraba hacia ella de manera directa. Parecía distraído, pero era una falsa impresión. Su cuello se hinchaba y deshinchaba al compás de la música, vibrando al unísono.

Cuando llegó al final del tema, Irene se detuvo.

–¿Lo conocías?

—Sí, lo tocaste ayer.
—Digo antes.
—Antes de ayer, sí, también.
Irene se rió.
—Ya, digo si lo habías oído antes de que yo lo tocara aquí.
—No.
—¿Y te gusta?
—Me gusta, sí.
—Pues lo tocaste muy bien con tu armónica.
—Muy bien, sí.
—¿Quieres tocarlo conmigo otra vez?
—No.

Pero, sorprendentemente, empuñó la armónica. Irene volvió al principio y Tomi acercó la armónica a sus labios. Al tocar, cerraba los ojos. Vencía todas las limitaciones de la armónica diatónica con inspiración e imaginación. Parecía imposible que estuviera improvisando, o casi.

El dúo sonaba muy bien, ingenuo y rico, al mismo tiempo. Irene estaba demasiado pendiente de todo para abandonarse, como la tarde anterior, pero sentía toda la intensidad de lo que estaba sucediendo, como si fuera una espectadora, y no parte de la escena.

Al acabar, Tomi sonrió. Miró la armónica y dijo:
—No suena muy bien.
—¡Sí!

Lo decía sinceramente, pero tampoco quería que pareciera que le adulaba.

—¿Quieres probar?

Le tendió el violín y el arco.

Tomi se rió, con una risa larga y clara que llegó a las entrañas de Irene. La piel se le erizó cuando el chico tomó con manos delicadas los dos objetos.

—Muy bonito, sí.

Acariciaba con un dedo una de las efes. Luego pasó el pulgar y el índice por el mástil, como si midiera su grosor, o como si apreciara su factura.

Por fin apoyó la barbilla en la barbada y deslizó el arco por las cuerdas. Irene observaba los dedos de la mano izquierda. A pesar de que parecían torpes, algo deformados por el trabajo en el campo, se comportaban con agilidad y delicadeza. Avanzaban y retrocedían por las cuerdas, aun en silencio, como las patas de una araña.

Y repentinamente surgió de la nada el tema de *Elvira Madigan*, sin que faltara una sola nota.

Tomi emitía sonidos de satisfacción con sus labios, y hasta se rió cuando logró salvar uno de los momentos más complicados de la ejecución. Sus ojos parpadeaban, casi en blanco, y de vez en cuando tensaba los labios como si fuera a cantar.

Sus movimientos con la mano izquierda no eran del todo correctos, pero el resultado era muy bueno. Y columpiaba el brazo derecho en exceso, aunque aquello tampoco parecía repercutir en el sonido.

Irene se concentró en la música. Era como si escuchara el *andante* por primera vez. Y en cierto modo, así era.

La armónica reposaba en la hierba. Irene la cogió y la miró de cerca. No recordaba cuándo había tocado una armónica por última vez; era muy niña, entonces, pero pronto la había desechado por sus limitaciones.

¿Cómo había logrado Tomi acompañar al violín con aquello? Le miró, entre la duda y la admiración por lo que había escuchado y lo que estaba escuchando.

Tomi interrumpió el *andante* y señaló a la armónica con el arco.

–Tócala, sí.

Irene lo intentó. Sonaba bien, dulce y vibrante, pero no era capaz de hacer lo mismo que él.

Tomi se rió, tapándose la cara, e Irene soltó una carcajada.
–Dame –dijo Tomi.
Y cada uno volvió a su instrumento.
Irene improvisaba sola muy poco, pero a Yárchik le gustaba hacerlo. A veces grababan la improvisación y se reían juntos. En una ocasión, Yárchik transcribió el resultado, y no estaba mal. A ella le costaba empezar, y solía ser Yárchik el que lo hacía, eligiendo un tema simple, y complicándolo poco a poco.
Esta vez le tocaba a ella. Descubrió que en su mente había una melodía ligera y grácil, en sol mayor. Mantenía que la primera nota se elevaba, hacía un descenso rápido y desembocaba en la misma nota, pero una octava más baja. Tomi soltó una de sus risas nerviosas, y repitió el tema de manera sencilla, pero efectiva. Separó sus labios de la armónica y miró hacia el bosque.
Irene no dejó que la última nota de la armónica se extinguiera. La sonoridad de la armónica le había sugerido una continuación mucho más compleja. No tenía que pensar en ello, sino, simplemente, dejar que sus dedos corrieran por el mástil, presionando las cuerdas y deslizando el arco por encima de ellas.
Tomi intervino con su armónica; al principio con dulzura, como si no quisiera molestar, pero poco a poco fue imprimiendo más fuerza y decisión a su acompañamiento.
Irene levantó el arco y dejó que siguiera él.
Era asombroso. Desarrollaba el tema, se alejaba, creaba, separaba los labios de la armónica para reírse, volvía a soplar, decía «muy bien», seguía improvisando... Y el sentimiento de su improvisación era abierto, una invitación a Irene para que fuera ella quien siguiera, casi una pregunta.
Ella comenzó un acompañamiento armónico y suave, sin atreverse a intervenir, hasta que entendió hacia dónde quería ir él, y se sumó de manera decidida.

Tomi hizo lo contrario: dejó que Irene cobrara protagonismo y se limitó a hacerle los bajos de manera rítmica. Mientras ella hacía progresiones melódicas, Tomi, a su modo, con la armónica, parecía decir: «Sí, te entiendo, sí, ¡muy bien!». Volvieron a unirse en el tema principal. Los dos al unísono. Irene hizo una bajada brusca y regresó al segundo plano, como invitando a Tomi a que fuera más allá. Y lo hizo: introdujo una variación que decía otras cosas. Irene no hubiera sabido decir qué.

–Muy bien, sí.

Había acabado bruscamente.

Y del mismo modo brusco, su expresión cambió: donde unos segundos antes había goce y pasión, había de pronto indiferencia, casi aburrimiento. Como si no hubieran hecho juntos una pequeña maravilla: el primer concierto para violín y armónica del que Irene tenía noticia.

Ella respiraba con fuerza, recuperándose del esfuerzo. Pero Tomi miraba la hierba como si considerara la idea de levantarse y ponerse a segarla con su olvidada guadaña.

Irene no lograba entenderlo.

–Me iré, sí –dijo Tomi.

Miraba hacia ella de manera esquiva. Cuando veía que Irene se daba cuenta, giraba la cabeza de manera casi violenta. Y con la armónica golpeaba el suelo. Ella no estaba segura de que no hiciera lo mismo si en lugar de hierba hubiera piedras en el suelo.

–¿Mañana?

No la miraba.

–Mañana, sí.

Cuando se fue con su guadaña al hombro, Irene lamentó no haberle preguntado por qué no estaban ya en los árboles los trapos blancos, y por el significado que tenían.

Se sentía un poco perpleja, pero contenta. ¿Cómo decían los tres muchachos de *La flauta mágica*?

«¡Cuando nos veamos por tercera vez, la alegría será la recompensa de vuestro coraje!»

La alegría, sí. Eso era lo que Irene sentía: una alegría casi salvaje. Guardó el violín en el estuche con cuidado. Estaba todavía asombrada. Todo había sucedido demasiado

deprisa,

casi sin tocar el suelo, recorría el camino de vuelta hacia la casa de Cansares y hablaba sola. Pocas veces lo había hecho. Me anticipaba a las reacciones de Yárchik cuando supiera que sí, que habíamos dialogado con el violín y la armónica como él quería, pero que lo habíamos hecho juntos, sentado el uno frente al otro.

No estaba segura de nada, salvo de que aquello había sido distinto a todo, y de que me sentía eufórica.

Podía llamar por teléfono a Yárchik, pero preferí escribirle una carta, usando el correo electrónico de mi padre. No me siento segura, nunca, cuando hablo. Tesa y papá han logrado que nunca lo esté. Digo algo y de inmediato me asalta la inseguridad, me excuso, digo casi lo contrario...

Tesa se burla siempre de mí: «Doña Sí pero No», me llama. Y papá no se burla, pero se exaspera cada vez que lo hago. Se exaspera por todo, en realidad, desde que sabe que no soy el genio que hubiera justificado su vida. Mi madre no aparenta exasperación, se limita a asumir un papel de víctima que le va a la perfección: se convierte en una sombra que deambula a mi alrededor con los ojos húmedos de los carneros degollados.

Escribiendo recupero la seguridad, al menos en parte. Mi letra es muy pequeña, una prueba más de las dudas que me asaltan cuando digo algo. Así, con mi letra minúscula, supongo que siempre he querido decir lo mismo: sí pero no. Sin embargo, cuando escribo a máquina, o en el ordenador, esa inseguridad desaparece, y lo que quiero decir queda asépticamente escrito. Puedo hacer borradores de las cartas, pero al final hay una carta, un resultado concreto, sin vacilaciones.

Yárchik dice que le gustaría ver «el pentimento» de mis cartas. Usa palabras maravillosas; «pentimento» es lo que hay debajo de muchos cuadros: lo primero que pintó el artista, la primera idea que queda oculta por el cuadro definitivo. Y a Yárchik le gustaría ver mis borradores, mis «pentimentos».

Qué diferentes, Tesa y Yárchik. Él dice que mi constante inseguridad no es más que una prueba de mi honradez, que no estar seguro de lo que se dice no tiene por qué ser malo, que así reconozco que no tengo por qué tener razón. Pero yo sé que desconcierto a la gente, porque afirmo con la misma rotundidad con la que luego niego.

En aquella ocasión tenía dudas, claro, pero no por mí misma, sino por lo que había vivido. Estaba desconcertada por el propio Tomi, no por mí. Había visto dos Tomi muy distintos: uno era un chico inseguro, nervioso y huidizo. El otro era un artista, una excepción de la naturaleza. Y ese Tomi era el que me llenaba de alegría. Sabía por mi padre que Tomi no había estudiado música, salvo la consabida flauta de la escuela. Y aquello que yo había visto y oído era asombroso. Le escribí a Yárchik que sí, que habíamos hecho lo que él me pedía: hablar con la música. Pero también que no sabía lo que nos habíamos dicho. Que de su armónica habían surgido preguntas y respuestas, igual que de mi violín. Pero si no sabía muy bien lo que yo misma había preguntado, menos aún podía saber lo que había respondido él. Y al revés.

Mandé el correo en cuanto acabé de cambiar y matizar, y me armé de paciencia para esperar su respuesta. Tengo poca. Nunca soporté los silencios, ni aunque estuvieran justificados. ¿Cuánto tardaría Yárchik en ver mi correo y en contestar? ¿Dos horas, tres? ¿O no tendría respuesta hasta el día siguiente? Seguramente fue la perspectiva de aquella espera la que hizo que me ablandara ante mi padre. Era una situación extraña. Había conocido a Tomi gracias a él y a sus planes, pero me esforzaba para que no supiera nada, para creer que mi encuentro con Tomi había sido por azar. Cerraba los ojos y trataba de creer que había ido a Las Esquilas llevada por mis pies, paseando, como los primeros días, sin rumbo fijo. Que Tomi había surgido de la nada, un do sostenido en el aire por un milagro del bosque, que era como los muchachos de *La flauta mágica*, parte del mundo y parte de nada. Carne y sueño.

Pero al abrirlos comprendí que no era así. Había sido mi padre quien me había llevado hasta Tomi, y no sabía para qué, ni aún menos qué quería de Tomi. Tal vez por eso me rendí. Y cuando papá supo que había estado con Tomi, que habíamos tocado juntos, que la chispa había surgido, le invadió la urgencia. Contaba con los dedos los días que quedaban del mes de agosto, y me lanzaba sobre la presa, a toda velocidad.

Odio sentirme confusa. Perder la orientación dentro de mi mente me aturde aún más, y el aturdimiento me confunde...

Tesa es, para mí, la confusión. Aquella misma noche llamó, como si estuviera acechando con alarmas invisibles mis estados de ánimo, como si supiera que me encontraba a medio camino entre la exaltación y la duda. Lo detectó de inmediato, pero no me lo manifestó. Se limitó a escucharme, fingiendo interés, para que desnudara mis sentimientos ante ella.

Se lo conté todo, como siempre he acabado por hacer, confiando todavía en que al fin tuviéramos un punto de encuentro en Tomi. Estaba tan entusiasmada con mi hallazgo que creía que incluso Tesa se sentiría fascinada. Y lo pareció. Incluso me alentó para que le dijera lo que me había revelado mi padre unos minutos antes. Pero no lo hice. Le había prometido guardar silencio, y no quería traicionar su confianza.

Pobre de mí, siempre. Trato de imaginar una vida independiente, decidiendo las cosas por mí misma, y no puedo. Sé que mi propia vida está ahí, en el horizonte, pero no llego a verla. Se encuentra al final de una empinada cuesta, una cuesta ante la cual tengo la tentación de rendirme.

Yárchik es el único que me puede ayudar, que me puede entender. En él confío, tanto como detesto a Tesa y sus juegos siniestros con las personas, y como temo a mi padre y sus teorías acerca de

Mozart

había sido siempre una referencia para Irene, una lejana estrella en su vida, tan llena de música. Pero aquella fue la primera vez que escuchó el nombre del compositor en relación con el síndrome de Williams, y con Tomi.

Irene volvía del pueblo, porque había decidido dar un paseo después de mandar una carta, por correo electrónico, a Yárchik. En ella le contaba lo que había vivido con Tomi aquella misma tarde.

–¿Ha habido suerte?

Horacio estaba sentado en el jardín, en realidad un pequeño patio con hierba y algunas hortensias, leyendo un libro. El cielo seguía cubierto, pero el sol se ponía asomando por debajo de las nubes, y creaba una luz extrañamente mediterránea. Irene se detuvo. Por una vez, aunque se sentía incómoda por la sensación de estar siendo manejada por él, deseó contarle parte de lo sucedido.

–Sí –sonrió.

–¿Le has visto?

—Sí.

—Ven, siéntate, y cuéntame.

Obedeció. Era extraño: en los diez días que llevaba en Cansares, era la primera vez que se sentaba en aquel lugar, el que más hacía pensar en un auténtico veraneo. Al acomodarse, tuvo la sensación de que las cosas empezaban a cambiar.

Prefirió seguir sin confesar que había visto ya tres veces a Tomi. Mientras hablaba, fingiendo que el de aquella tarde había sido el primer encuentro, se oía a sí misma, sin poder evitar sorprenderse de cómo iba deformando todo, a la medida de sus intenciones. En su relato, no había ni rastro de la pasión y la euforia que había sentido al compartir con Tomi el diálogo de sus instrumentos. Ni mucho menos el de sus corazones.

—¿Toca bien?

Podía decir: «Maravillosamente bien». Pero dijo:

—Es diferente, es... como si fuera algo instintivo.

La palabra «instintivo» pareció espolear a Horacio. Se inclinó hacia ella y pidió precisiones.

—No lo sé —respondió Irene—, solo puedo decir que se nota que no es algo aprendido en una clase aburrida. Toca sin preguntarse si lo que hace es correcto o no.

—¿Y lo es?

Irene pensó la respuesta un momento. Ansiaba decir que sí, sin más. Pero, eligiendo las palabras, dijo:

—Suena bien.

Su padre reprimió un pequeño acceso de ira, que no le pasó desapercibido a Irene. Sabía a qué se debía: ella, «el genio», no podía dar una opinión tan inconcreta, tan «de aficionado». Irene tenía que saber si lo que hacía Tomás era correcto o no, nota a nota. Pero Horacio pareció querer pasar página:

—¿Y el violín?
—Tocó el mío, un poco.
—¿Y?
—Y no lo hizo mal. Se nota que lo ha tocado antes, desde luego.
—Tiene uno. Está en el informe psicológico.
—Él dice que ha visto muchos violines.
—¿Ha dicho dónde?

Irene negó con la cabeza. Su melena negra, al agitarse, le cubrió parte del rostro. No se lo retiró. Prefería seguir así, como si estuviera en penumbra, porque sabía que aquella había sido una mentira de Tomi. Una mentira inocente, sin duda. Podía referirse a los que había visto en las portadas de los discos, o en revistas.

—Lo que haya sido capaz de hacer con el violín es innato —dijo Horacio—. Nunca recibió clases de violín, según el informe.

Fue entonces cuando mencionó, por primera vez, a Mozart.

Al hablar, perdía la mirada, Irene no sabía dónde. Nunca le había visto así, tan excitado con una idea. Parecía pensar que un neurólogo tenía que parecer frío y reflexivo, y él se solía adaptar a esa imagen, que contradecía al resto de su comportamiento. Cuando hablaba de temas científicos parecía escucharse a sí mismo, accionaba mucho con las manos, y mostraba una falsa condescendencia hacia su auditorio.

En esta ocasión parecía haber olvidado su pose, y le dominaba la pasión.

—Mozart tenía esa misma cualidad. Su padre era profesor de violín, pero ni él mismo entendía que su hijo aprendiera tan deprisa. A los tres años ya tocaba el piano, y a los seis dejó asombrados a todos cuando se puso a tocar el violín con unos amigos de su padre que también eran músicos. Al principio, como si fuera un capricho infantil, le dejaron tocar el segundo violín, pero lo hizo tan bien que acabó tocando el primero.

Siguió hablando del cerebro de Mozart. Irene se estremeció al pensar en el cerebro de forma física. Oía a su padre, confusamente. Lóbulos temporales, conexiones neuronales... todo el discurso habitual en él se cernía ahora sobre la materia gris del genio, tratando de explicar científicamente lo que para ella no era más que pura genialidad. Eso que ella no tenía, ni tendría nunca. ¿La tenía Tomi? ¿Era eso lo que quería decir su padre?

–¿Dirías que Tomás tiene oído absoluto?

Irene sintió miedo ante la pregunta. «Sí, pero no», se habría reído Tesa, ridiculizándola. No, no era eso: sí, creía que aquel chico, aislado y extraño, sin clases ni profesor, tenía algo innato en su interior, un instinto casi brutal para la música. ¡Cómo era capaz de recordar todo el andante, cómo improvisaba...! Probablemente, el oído perfecto. Pero prefería no decirlo así ante su padre.

–No lo sé.

–Tienes que averiguarlo. ¿Le vas a ver mañana?

–No lo sé; sí, supongo.

Horacio chasqueaba la lengua:

–Bien, bien. Puedes hacer mucho por él, ¿sabes? Podría pasar de ser un chico perdido en el monte, sin más horizonte que Cansares, a tener profesores, a desarrollar toda su capacidad.

Irene no estaba segura de que aquellas fueran las verdaderas intenciones de su padre. En cierto modo desconfiaba de él, y sentía amargura por hacerlo.

Le parecía una tontería, pero creía que todo aquello tenía que ver con ella, con su fracaso con la música. Tal vez

Horacio trataba de justificarse a sí mismo insinuando que los genios eran simples anormales, y que por eso su hija no era genial: porque era normal.

La palabra «normal» comenzó a pesar dentro de la cabeza de Irene. Se sentía cansada, abrumada. Una vez más, el mundo se empeñaba en ahogar su alegría. Media hora antes se sentía feliz, llena de gozo por la música y por Tomi. Pero ahora toda la exaltación se diluía, desaparecía, como había desaparecido el sol detrás de las montañas.

Se levantó.

–Tengo hambre.

Su padre miraba hacia ella mientras entraba en la casa, lo notaba en su nuca.

No era verdad lo que había dicho. Cenó sin ganas, y se empeñó en demostrarlo, para que su padre entendiera que no había sido sino una excusa para alejarse de él.

Mientras masticaba, no dejaba de pensar en Mozart. Lo imaginaba niño, aferrado a su violín, asombrando al mundo. ¿Por qué todos se empeñaban en retorcer las cosas, por qué no quería aceptar su padre que Mozart fue nada más, y nada menos, que un niño genial, el hombre más genial de su tiempo? A ella le gustaba más Haydn por sus maravillosos cuartetos de cuerda, pero cuando escuchaba a Mozart sentía la música golpeando directamente sobre su corazón, un latido propio, una invitación a compartir otro ritmo, tal vez el de la naturaleza, como había dicho una vez Yárchik: el del universo.

Para ella fue un alivio que sonara el teléfono.

–Yo lo cojo.

Era Tesa.

Primero se limitó a escuchar. Tesa estaba pasando el verano a la medida de sus deseos: en la costa andaluza, viviendo de noche y durmiendo de día, conociendo chicos que tocaban en grupos y dejándose querer por varios. En su voz había insinuaciones de «algo más», un «algo más» oscuro e inconcreto que buscaba estimular la imaginación de Irene.

Por fin preguntó, agotada por su propia exhibición: cómo le iba a ella.

Irene no resistió la tentación de contarle todo. La conversación con su padre, y la cena, la habían dejado alejada de sí misma, incapaz de volver a sentir la misma alegría íntima que había alcanzado en el valle de Las Esquilas. Necesitaba volver a sentirla, aunque fuera hablando con Tesa.

Al narrar lo sucedido en los últimos tres días, Irene tenía la incómoda sensación de que era una ingenua. En palabras, Tomi se quedaba en nada. Y odiaba exagerar, decir cosas como que la música de Tomi «era una maravilla», o que improvisando con él «había sentido que no tocaba el suelo». Y al verse obligada a escoger cada palabra con cuidado, sentía que traicionaba a Tomi. Cuando acabó, esperó un momento. Tesa se rió, aunque luego se declaró feliz por Irene. Incluso le preguntó por la opinión de Horacio, como neurólogo. Pero Irene sabía que era puro fingimiento, que en el fondo le estaba diciendo que era una niña, que se dejaba fascinar por sentimientos románticos, novelescos, que la verdadera vida era la que ella vivía.

Al colgar, Irene dudó. Pero no, no quería seguir cenando. Se asomó un momento a la cocina, para comprobar que sus padres ya habían acabado. Su plato seguía en la mesa, junto a una fuente de fruta. Recogió con rapidez y se asomó a la pequeña salita.

Horacio y Ángela se habían sentado en el sofá de ver televisión, y era eso lo que hacían.

Irene retrocedió sin hacer ruido, y subió por la escalera. Habían pasado más de dos horas desde que mandara el correo a Yárchik, y la habitación en la que trabajaba su padre tenía la puerta abierta.

Entró. Había un montón de libros ordenados sobre la mesa, lo que quería decir que eran los libros que más estaba usando. Por la tarde no le habían llamado la atención, pero ahora, después de la conversación con Horacio, el nombre de Mozart saltó a su vista de inmediato.

Dio la vuelta al escritorio improvisado y vio que, en efecto, casi todos se referían al músico. Tres eran biografías. Había también dos volúmenes que contenían las cartas del genio y un diccionario de alemán. Y con ellos, varios libros sobre música y cerebro, musicoterapia, música y matemáticas...

Bajo los libros había una hoja con notas de su padre, sobre el contenido de los libros. Su caligrafía era ordenada y fría, como casi todo en su vida. Pero en los bordes superiores de las letras, y aún más en las mayúsculas, había una especie de furia, de violencia contenida.

Devolvió la hoja a su sitio, bajo los libros, los volvió a colocar como estaban y abrió el ordenador. Cuando la pantalla se iluminó vio que junto al icono del correo había una carpeta en la que se podía leer: Mozart. Irene colocó el cursor sobre ella, y la abrió.

Había un buen número de documentos. Todos parecían referirse, en efecto, a Mozart.

Irene levantó la cabeza para escuchar. A sus oídos llegaba el rumor inconfundible de la televisión. No le gustaba hacerlo, pero la curiosidad pudo más, y abrió el primer documento.

No era fácil desentrañar el texto, porque nadaba en un mar de citas y flechas, y porque no estaba estructurado como un artículo, sino como simples apuntes.

Irene entendió que su padre tenía razones para creer que Mozart pudo padecer el síndrome de Williams. Según lo que había escrito, había quien pretendía explicar a Mozart como maníaco depresivo, como unas décadas antes se le había intentado clasificar como síndrome de Tourette, otro raro conjunto de «anormalidades», pero al parecer se trataba de errores. Entonces aún no había sido diagnosticado el síndrome de Williams, cuyos síntomas, según subrayaba Horacio, le iban como un guante a Mozart, no como los otros síndromes. Cada línea estaba acompañada de citas, con nombres, títulos y fechas, sin recurrir al pie de página. Irene nunca había pensado que Mozart pudiera padecer ninguna enfermedad mental, o alguna deficiencia. Para ella, Mozart era el genio por excelencia, un milagro. Muchas veces se había emocionado al interpretar uno de sus conciertos, y aún más cuando asistía a la representación de sus óperas, o a un concierto. Todos los músicos de la orquesta, moviendo las manos al unísono para perseguir con sus instrumentos las huellas de Mozart, tantos años después de su muerte... Sus cabezas, agitadas por la brisa que manaba aún del corazón, de la mente del genio...

Seguía leyendo asombrada: Mozart medía un metro y medio, y algunos médicos prestigiosos habían escrito tesis sobre su estrabismo y sus dientes mal colocados.

La mención al estrabismo de Mozart hizo que Irene reviviera en su mente el rostro de Tomi: sus ojos parecían no mirar exactamente al mismo sitio. Horacio seguía diciendo en sus notas que todos los biógrafos de Mozart coincidían al afirmar que junto a su increíble habilidad para tocar cualquier instrumento desde niño, sorprendía que incluso después de casado fuera incapaz de cortarse él mismo un filete, o de atarse los cordones de los zapatos. Más citas, más nombres alemanes o ingleses, más fechas.

Cerró el documento y abrió otro, bajo el título «Hiperacusia».

Leyó: «W.A.M. oía todo a un volumen mucho más alto que los demás. Gracias a eso era capaz de distinguir una octava de tono, o la afinación ligerísimamente errónea de un instrumento».

Al leer aquello, Irene sintió un escalofrío: recordaba a Tomi señalando a la segunda cuerda, diciendo «mal», descubriendo al instante su ingenua trampa. Continuó recorriendo las notas sobre la hiperacusia de Mozart con avidez. «Oído sensible: no soportaba el sonido de la trompeta, salvo si quedaba enmascarado por el de toda la orquesta. Si alguien tocaba la trompeta cerca de él, se desmayaba.»

Había un par de páginas con párrafos copiados directamente en los que se podían encontrar referencias más amplias a lo que había resumido.

Cada vez más ansiosa, abrió un nuevo documento: «Infantilidad o retraso». Parecía estar dedicado a sus propias dudas sobre Tomi.

«Mozart, como los niños con síndrome de Williams, era muy afectivo e infantil, lo fue siempre.» Horacio había subrayado la palabra «siempre». «Feliz cuando le hacían caso, insoportable, irritable y pesado cuando no se lo hacían. Incluso a los treinta años.»

Y más abajo, después del rosario de citas que Irene se saltó, leyó un nombre: Colloredo.

«Los afectados por el síndrome de Williams parecen retrasados, y en algunos aspectos lo son. El arzobispo Hieronimus Colloredo llama a Mozart, en su cara, «fex». Fex, en el alemán austriaco de la época: bufón, necio, retrasado mental.»

Irene miró el reloj y volvió a aguzar el oído. La televisión seguía al mismo volumen y no se escuchaba nada más. Pese a ello, trató de leer más deprisa. «Mozart», leyó, «debía de tener rasgos clásicos de retraso mental cuando se alejaba de la música, porque todos los que han escrito sobre él insisten en su carácter de bufón, sus manías compulsivas, como tocar todo el rato a quien estuviera a su lado, golpear objetos, o dar patadas en el suelo con el pie...».

Irene apenas podía creer lo que estaba leyendo. Por la tarde, había apreciado la misma dualidad en Tomi: durante su concierto de violín y armónica, parecía transportado, un virtuoso plenamente concentrado en su instrumento; pero al acabar, aquella chispa genial había desaparecido por completo, dejando toda su expresión reducida a casi nada. Aburrido, distante... Y sus golpes en el suelo con la armónica, como si no los pudiera dominar...

Después de las dos líneas que describían la costumbre de «tocar todo el rato a quien estuviera a su lado, golpear objetos, o dar patadas en el suelo con el pie», Horacio había escrito entre paréntesis: «Síndrome de Williams: necesidad de acercamiento a los demás a través del tacto». Remitía a una carpeta distinta, bajo las siglas S.W., y a un documento concreto sobre «Comportamiento social».

La carpeta «Mozart» contenía unos diez documentos más. Irene no podía seguir allí, si quería que su padre no la sorprendiera en cualquier momento. Iba a cerrar, prometiéndose volver, cuando leyó:

«Coprolalia. ¿Solo?» Lo abrió por curiosidad, porque desconocía el significado del término «coprolalia». Al abrirlo, con la intención de cerrarlo en cuanto supiera lo que quería decir aquello, vio de inmediato la palabra «mierda». Y un poco más adelante: «Pasión por la mierda, por el culo».

Irene no pudo evitar sonreír. Se llevó la mano a los labios, temiendo que la sonrisa se convirtiera en risa. ¿Podía referirse aquello a Mozart?

Comprobó que sí, que se refería a él. Había frases escritas, al parecer por Mozart: «De noche vamos esparciendo los pedos con gran estruendo».

Y también:

«A mamá le beso la mano, como también a mi hermana la cara, la nariz, la boca, el cuello y el culo si está limpio.» Horacio había subrayado «el culo».

Y otra cita: «En casa de Cannabich, sin manías y con toda desenvoltura, he estado rimando, y en verdad sobre puras marranadas, a saber: sobre caca, cagar y lamer culos».

Esta vez Horacio no había subrayado nada, pero había añadido a la cita una pregunta seca: «¿Bufón o enfermo?».

Irene estaba perpleja. Decidió seguir un poco más, con el dedo preparado para cerrar si aparecía su padre. Había documentos sobre manías compulsivas, enfermedades y síntomas, capacidades extraordinarias, concepción musical... Se detuvo en otro capítulo: «Aspecto físico». Según las notas, de niño fue muy pequeño, y cuando murió medía un metro y medio. Él mismo se lamentaba, de niño y de joven, de su pequeñísimo tamaño, que obligaba a colocarle tarimas para dirigir, y que le daba «aspecto de bufón».

Luego venían citas largas. Una de ellas, de un médico, trataba de los «dientes de mono» de los que le había hablado antes Horacio. Mozart, según un investigador, los tenía así, muy mal colocados.

Por fin cerró la carpeta, y buscó en el escritorio la referida al síndrome de Williams. Pero no estaba a la vista.

Lo dejó para otro momento. La excusa del correo electrónico le daría más oportunidades. Lo estaba abriendo cuando escuchó pasos en la escalera.

–¿Qué haces?

–Miro el correo. Espero respuesta de Yárchik.

—Nos vamos a acostar —dijo Horacio, acercándose para darle un beso a su hija y, de paso, echar un vistazo a la pantalla.

—Y yo —dijo Irene.

Respiró con alivio, y pensó: «Por poco».

No había respuesta de Yárchik. Pero todo lo que había leído en aquella hora hizo que se sintiera menos decepcionada por tener que esperar hasta el día siguiente.

Apagó el ordenador, se aseguró de que todo estaba en su sitio, y se dirigió a su habitación.

Al cerrar la puerta tras ella, respiró con profundidad. En su mente había sentimientos confusos. Lanzó por el pasillo un «buenas noches» y se encerró en su cuarto. El violín reposaba en la almohada. Abrió el estuche y acarició una de las efes de su caja, como había hecho Tomi.

Pensar en él, después de todo lo que había leído, le provocaba melancolía. ¿Dónde estaba la exaltación de la tarde?

Afinó el violín y trató de reconstruir la improvisación que habían hecho juntos. Pero sonaba mal, apagada e infantil. Sin Tomi, no funcionaba.

Dejó el violín y puso a Patti Smith en el equipo de música. Le gustaba compartir con ella sus estados de angustia y de soledad. Patti Smith era la Tesa en la que un día había creído, a la que había creído amar.

«Touch me now, touch me now...»

La primera vez que oyó aquella canción había escrito la traducción en su diario:

Ven, toma mi mano cuando el sol desciende
Ven, e intenta entender
Cómo me siento bajo tu sombra
Ven, toma mi mano cuando el sol desciende
Puedes tocarme ahora
Puedes tocarme ahora

Puedes tocarme ahora.

Una noche, la noche después de improvisar con Tomi, me desperté antes de la madrugada. Todo estaba en silencio salvo la melodía de nuestro concierto para violín y armónica deslizándose por mi mente, igual que una gota de rocío por una hoja de hierba.

Tiene razón Yárchik. No se puede explicar con palabras la música, porque es un lenguaje distinto, que no habla del autor, ni del oyente, ni de mí, ni de nadie, y habla sin embargo de todos al mismo tiempo. Más aún, del universo.

Así, en la noche, la melodía que horas antes había intentado reproducir con mi violín, y que entonces me sonaba infantil, empezó a estructurarse en mi cabeza. La media vigilia en la que me encontraba hizo que no intentara traducir nada. Simplemente iba entendiendo, sin preguntas. El tema era una invención mía, pero de pronto me daba cuenta de que había sido Tomi el que había logrado ir más allá, el que lo había dotado de auténtico sentido. Era, en el fondo, una cuestión matemática, como me solía decir la profesora, empeñada en reducir a eso la música. Yo no creo que ni ella misma entendiera lo que siempre me decía, porque no había sido testigo, como yo lo había sido, de algo como aquello. Tomi había seguido aquel camino con la armónica, y al reproducirlo en mi mente me daba cuenta de que no había hecho sino seguir adelante. La solución a mi propuesta, mi leve melodía, estaba fuera, en la noche dormida, en las estrellas que giraban, en la luna que gravitaba sobre mí.

Y, cuando irrumpió en mi cabeza el recuerdo de la música de Patti Smith, también encajaba en aquel mapa sin luces: tócame ahora, tócame ahora.

Cansares, Las Esquilas, la inseguridad que se evaporaba en mi piel... Todo cobraba su verdadero sentido: Tomi, los tres muchachos de *La flauta mágica*, Mozart... Mozart, sí. Tomi y yo habíamos reemprendido el camino iniciado por el pequeño genio en su *andante* del *Concierto 21*. Lo que Tomi quería decir era que quería verme, poder mirarme.

Recordaba lo que había leído en los documentos de mi padre, en el ordenador: «Síndrome de Williams: necesidad de acercamiento a los demás a través del tacto».

Tomi me decía también con su música que necesitaba tocarme.

Ni siquiera volver a dormir apagó en mi mente la resplandeciente claridad en la que todo encajaba.

Todo encaja. Todo.

Me quedé en una especie de duermevela, hasta que me desperté

al amanecer,

con la sensación de haber descansado mucho. Irene había dormido mejor que nunca, y ansiaba volver a Las Esquilas. Su acuerdo tácito con Tomi era verse por la tarde, pero sentía tanta curiosidad por volver, que no podía esperar.

Mientras desayunaba con su madre apareció Horacio, sonriente como pocas veces.

–¿Le verás hoy?

Irene se encogió de hombros como respuesta, preguntándose si el calor que sentía en las mejillas no delataría su falsa indiferencia.

Pero no fue así, porque fue su padre el que insistió:

–Pues debes verle, no dejes que la cosa se enfríe.

Irene siguió con su desayuno, sin contestar, hasta que Ángela insistió, con acento tierno y conciliador:

–Ayuda a tu padre, Irene.

Irene sonrió. No sentía la sonrisa; solo la usaba. Alargó la mano por encima del mantel y rozó la de su madre.

—Iré, no os preocupéis.

Pero había logrado darle a su voz un matiz especial: iba para hacerles un favor, ya que insistían.

Aun así, la promesa tranquilizó a sus padres.

Horacio salió y entró de la cocina dos veces, hasta que por fin soltó lo que era evidente que tenía en mente desde el primer momento:

—¿Te dijo algo sobre piano?

—¿Sobre piano?

—Sí, ¿crees que ha tocado el piano alguna vez?

Irene volvió a encogerse de hombros, consciente de su actitud de adolescente displicente:

—Y yo qué sé.

—¿Por qué no se lo preguntas?

—Vale.

Odiaba la palabra «vale», pero esta vez valía.

La luz era distinta en el valle de Las Esquilas. Mientras que por la tarde el sol entraba por poniente, iluminando todo, por la mañana el sol no era más que una promesa. Doraba la cresta de las laderas del monte, pero el valle estaba en la sombra, húmedo y perfumado.

En el límite del valle había vacas pastando. Irene podía ver un hilo rojo, fino, clavado en estacas de hierro, que dividía la finca en la que pastaban de la del valle. Y los abedules volvían a lucir sus chocantes pañuelos blancos.

No había ni rastro de personas. Sin saber por qué, Irene se sintió decepcionada. Esperaba haber encontrado a Tomi trabajando con su guadaña, o tal vez plantando más árboles, siguiendo con su misteriosa distribución. Pero no estaba.

Pasó junto al pequeño molino y siguió caminando junto al arroyo. La hierba estaba aún húmeda, y había empapado sus zapatillas deportivas. Sentía el contacto tibio del agua en los dedos de los pies, pero no le importaba, siempre que las manos estuvieran secas. Y solo entonces, al pensar en tocar, se dio cuenta de que había olvidado el violín.

Se detuvo. Sin él, no podía llamar a Tomi. No se imaginaba a sí misma gritando su nombre.

Pensó en volver, pero el camino era largo. Recordó que Tomi tenía un violín, y echó a andar de nuevo. No podía llamarle, pero al menos podrían tocar juntos. Y sentía curiosidad por su violín, por su procedencia, cómo había empezado a tocarlo... Y la pregunta del piano, claro. No hacerla sería defraudar a su padre.

La casa parecía más grande vista de cerca. El perro se puso a ladrar de inmediato, nada más oírla. Pero al verla corrió hacia el portal, encogiendo el rabo entre las piernas y sin dejar de ladrar.

Irene se detuvo a unos ocho metros de la casa, esperando que Tomi apareciera. Del dintel de la puerta colgaban cuatro campanas de distintos tamaños y formas, cada una con su cadena.

No fue Tomi quien apareció, sino una mujer baja, no muy mayor y algo descuidada, en sintonía con el desorden antiguo que reinaba en los alrededores de la casa.

Le preguntó, sin ninguna simpatía, qué quería.

Irene dudó. De pronto se daba cuenta de que no estaba segura de que Tomi viviera allí.

–¿Vive aquí Tomi?

La mujer se puso alerta, como si escuchar el nombre de Tomi en una boca extraña entrañara algún peligro.

–Sí, ¿qué le quieres?

La expresión llamó la atención de Irene: «¿qué le quieres?». Podía tener un doble sentido turbador. Pero entendió que quería decir «para qué le quieres ver».

–Nada, estaba paseando. Estuve con él el otro día.
Al escucharla, la mujer se relajó.
–Ah, la chica del violín.
Al decirlo miró hacia sus manos vacías.
–Sí.
Pero Irene se daba cuenta de que aún desconfiaba.
–Pero si no está...
Irene inició la retirada, maldiciéndose a sí misma: «Doña Sí pero No». Sentía la persecución de Tesa hasta allí, en aquel remoto rincón de Cansares.
–No, anda cerca.
Y dándose la vuelta hizo sonar una de las campanas.
–¿Quieres un café?
La idea de tomar un café no entusiasmaba a Irene, a pesar de que parecía una costumbre local, una imprescindible muestra de hospitalidad. Dijo que no, con toda la delicadeza que pudo. Pero seguían separadas por los ocho metros que Irene se sentía incapaz de superar.

No tuvo que esperar mucho. El perro salió ladrando hacia el camino, con ladridos cortos, auténticas exclamaciones de júbilo. Y reapareció justo antes que Tomi.

Llevaba un mono azul y botas de agua manchadas de barro, o de excrementos de vaca. Al ver a Irene se quedó inmóvil, con el perrillo dando saltos a su alrededor.
–Ah, hola.
Irene respondió a su saludo con una sonrisa.
–Estaba dando un paseo.
–Un paseo, sí.
Le llamó la atención el tono de voz de Tomi, mucho más agudo que el día anterior. Era evidente que estaba nervioso.
–Y pasaba cerca de aquí –continuó Irene–. Imaginaba que esta era tu casa.

La mujer dio dos o tres pasos hacia Irene. Pero eran unos pasos inseguros, como si no supiera muy bien lo que debía de hacer.

–Mi hijo está trabajando, pero si quieres tomar un café...

Así que era su madre. No se parecían mucho, aunque tenían la misma estatura.

No se podía negar dos veces al café. Además, parecía la única manera de poder ver durante más tiempo a Tomi. La advertencia de que estaba trabajando había sonado como una doble invitación: «O café, o te vas».

–Sí, bueno.

Tomi se quitó las botas con torpeza. Tanta que su madre se agachó y le ayudó, acercándole un par de zapatillas de cuadros. Irene limpió las suelas de su calzado como pudo, en una estera gastada.

El interior de la casa era semejante al de otras que Irene había visitado en sus primeros paseos por los alrededores de Cansares. Y la cocina también. Olía a café y a matanza de cerdo. Había chorizos colgados de las vigas. Un gato enorme dormía, enroscado, sobre una silla. También en eso se parecía a otras casas de la comarca. En eso, y en el desaliño, una pátina de suciedad que daba a todo un aspecto grisáceo.

Tomi se lavó las manos en la pila y se sentó el primero, junto a la mesa, sin dudarlo. Irene pensó que aquel era más que su sitio, su lugar en la casa. Con la espalda protegida por la pared y la vista en la puerta.

No miraba hacia Irene. Tamborileaba con los dedos sobre la mesa y se acariciaba la barbilla, con la mirada ausente y en constante cambio de dirección.

–Ayer intenté tocar nuestro concierto en casa –dijo Irene, tratando de romper el hielo.

–Ah, el concierto, sí.

No estaba cómodo. Irene sospechaba que sin la armónica, o el violín, debía sentirse siempre así.

De pronto se bajó la cremallera del mono en el pecho, hizo dos contorsiones y se quitó la parte superior, dejándola caer a su lado. Debajo llevaba una camiseta, de un blanco sorprendente, con una gran campana serigrafiada en el centro. Irene le miró, un poco deslumbrada. Así, sudoroso, sobre el blanco puro de la camiseta, Tomi parecía aún más hermoso, un elfo resplandeciente.

Pero no era la belleza lo que le atraía de él, sino toda aquella música dormida en su interior. Anhelaba conocerle más de cerca para poder nadar en su música, para tratar de entender el mundo como fuera que lo entendiera él, desde la música.

Su madre trajinaba con tazas y un azucarero, mientras el café se calentaba. Irene tuvo que hacer un esfuerzo para volver al concierto.

—No me salió bien. ¿Tú te acuerdas?

—No —dijo Tomi, tajante. Y, para sorpresa de Irene, empezó a tararearlo.

—¡Eso es! —exclamó Irene.

Al decirlo, vio que la madre de Tomi sonreía. Era su primer gesto verdaderamente cordial. Irene se tranquilizó, porque aquel gesto le aclaraba que su hostilidad era solo desconfianza.

Tomi no cantaba muy bien, pero cada nota estaba en su lugar. Sonaba mecánico, como si le faltara la cimbreante entonación de la armónica.

Irene, en voz muy baja, acompañó a Tomi.

No acabaron. Tomi, una vez más, se interrumpió bruscamente, e Irene no fue capaz de continuar sola. Pero era sorprendente cómo recordaba Tomi la línea general del tema. Mucho mejor que ella, a pesar de que aquella noche la había estado reproduciendo en su mente, comprendiendo todo su sentido.

–¿Lees música?
–Música, sí.
–No –aclaró su madre–. Tomi no ha ido a clases de música. Solo las de la escuela, casi nada.

Parecía un poco avergonzada por la mentira de su hijo. Pero Tomi no, al contrario. Al oír a su madre se rió.

–No he ido, no.
–¿Y tu violín? –preguntó Irene, para desviar la conversación.
–Ve a por él, Tomás –dijo su madre.

Tomi se levantó de inmediato y salió de la cocina.

Su madre aprovechó para hablar. Se sentó cerca de Irene y le dijo, en voz baja, lo que Irene ya sabía. Que su hijo tenía una enfermedad muy rara, aunque no mencionó el nombre del síndrome de Williams; que parecía un poco retrasado, pero que no lo era.

Hablaba en voz baja, pero deprisa, como si quisiera aclarar los términos de un contrato.

–Pero no lo es. Tuvo que dejar el colegio porque el director me dijo que no merecía la pena. Los demás chicos le querían mucho cuando era pequeño, pero luego empezaron a burlarse de él. Tomás no lo aguantó. Venía llorando, todos los días. Y, total, no iba a acabar el bachillerato...

Irene no sabía qué decir. Se sentía sucia por estar escuchando, como si se estuviera enterando en ese momento de cosas que ya sabía. Se preguntaba cuánto tardaría la madre de Tomi en averiguar que era hija de un neurólogo que estaba interesado en su hijo.

Decidió ser sincera.

–Sí, lo sé. Mi padre me había hablado de Tomi.

La madre acusó el golpe. Pareció retroceder un instante, pero luego volvió a acercarse a Irene. En sus ojos se podía ver una cierta humedad.

–¿Y para qué has venido?

Irene no supo qué contestar. No lo tuvo que hacer, porque la madre de Tomi siguió hablando:

–No le hagas daño. Es muy sensible y cariñoso. Nadie me ha querido tanto.

Tenía los ojos enrojecidos mientras hablaba. Se advertía que le costaba hacerlo, pero también la voluntad de proteger a su hijo con aquellas palabras:

–Yo sé cómo son otros hijos con sus padres. Tomás, no. Me quiere, me cuida, no pasa un día sin que me coja de la mano y me pregunte cómo estoy, si necesito algo... A veces me parece que es él el que cuida de mí, y no al revés. Y con los demás es igual. Necesita tocar, acariciar, y la gente no sabe qué es eso, no le entienden.

Sacudió la cabeza, y repitió:

–No le entienden.

Irene sonrió.

–Yo sí.

–Ya lo sé. Tomás me lo ha dicho. Me cuenta todo, todo. No tenemos mucho, pero somos felices aquí. Tomás trabaja muy bien, tiene obsesión por la limpieza, y hay que ver cómo tiene las cuadras. Y va a casa de los vecinos, a ayudar, siempre a ayudar, aunque luego se burlen de él. No siento que sea como es, porque es mucho más lo bueno que lo malo. Salvo por los demás, los vecinos, los que fueron sus compañeros en la escuela, su desprecio, sus burlas...

Irene recordó al viejo de la casa cercana, cuando había remedado un par de notas con su mano y con su boca: ahora ya estaba segura de que se había tratado de una crueldad hacia Tomi.

Pero él ya entraba por la puerta, con su violín en una mano y el arco en la otra.

Era un viejo violín de un color apagado, sin apenas brillo. Estaba, sin embargo, muy cuidado, en contraste con todos los demás objetos de la casa.

La madre explicó que había sido del abuelo de Tomi, el padre de su marido. Tocaba el violín y el acordeón por los pueblos, en las bodas y en las verbenas. Hablaba de aquel tiempo con desapego, como si fuera la confesión de algo que tal vez convenía ocultar.

—¿Y le enseñó él?

—No, Tomás nació mucho después de que mi suegro muriera.

Irene no se atrevía a preguntar por el padre de Tomi. En la cocina había una foto antigua y desvaída en la que se veía a un hombre y una mujer, cada uno en una nube sepia. Pero ni rastro de un hombre más joven. Eso le hizo pensar que no había muerto. Tal vez les había abandonado.

La madre de Tomi sonrió al comenzar a recordar cómo había empezado a tocar el violín a los tres años. Tomi se reía mientras la escuchaba, daba golpes con los dedos en la caja del violín, sacudía la cabeza. De vez en cuando asentía, aunque era difícil que recordara lo que contaba su madre, porque entonces era demasiado pequeño.

—Empezó con el acordeón del abuelo. Lograba que sonara muy bien, pero el acordeón estaba viejo. El fuelle estaba carcomido, y del uso que le dio Tomás, dejó de funcionar.

Entonces había comenzado a jugar con el violín. Su madre decía que ella no le daba ningún aprecio a «aquel trasto». Pero que fue el propio niño el que aprendió a cuidarlo. El cartero del pueblo le trajo cuerdas nuevas, después de escucharle tocar una mañana con las viejas. En la casa no había más música que la que daba la radio, en la que no se podía escuchar apenas nada.

–Cuando sonaba música de esa –Irene pensó que se refería a la música clásica–, exigía que todos nos calláramos. Se comía la radio, ponía la oreja encima, a pesar de que le molestan mucho los ruidos fuertes. Y luego corría a por el violín y repetía lo que había oído. Todo. A mí me sonaba igual.

Irene contenía la respiración. Sabía que todo lo que estaba escuchando era muy importante para su padre, pero sobre todo lo era para ella. En aquella narración se reconocía a sí misma durante su infancia. Pero Tomi no había tenido ninguna ayuda, mientras que ella, más que ayuda, había tenido agobio.

Él sí que tenía aquello que tanto ansiaban sus padres que ella hubiera tenido.

De pronto, la madre se acordó de algo. Le preguntó a Tomi si había acabado de limpiar un recipiente del que Irene no entendió bien el nombre. Su hijo se rió, y dijo que no.

Aunque dudó un instante, la madre dijo que iba a hacerlo ella. Tomi no se opuso, e Irene pensó que solo porque ella estaba allí.

–Ahora vuelvo.

Irene, al quedarse solos los dos, en la cocina, tomó el violín del abuelo de Tomi en sus manos.

–Toca, sí –dijo él.

Irene sonrió. Acunó el violín y deslizó el arco por las cuerdas. Sonaba sordo, apagado. Pero dulce, aterciopelado.

Tomi reía y golpeaba en la mesa con las yemas de los dedos, suavemente. Irene no quiso tocar nada concreto, sino probar todos los registros del violín.

–Me gusta como suena.

–Como suena, sí.

Tomi había enrojecido. Al recuperar el violín, sus dedos habían tocado los de Irene.

«Tócame ahora, tócame ahora», repetía Patti Smith en su memoria.

Alargó la mano y la puso sobre la de Tomi.

—Me gustaría que tocaras todo lo que sabes.

La mano de Tomi reaccionó de inmediato. Giró sobre la de Irene y se apoderó de ella. Era tibia y un poco áspera. Irene no la retiró. Los dos miraban a sus manos, sobre la mesa, como si fueran dos objetos ajenos a ellos.

Y los dos se rieron al mismo tiempo.

Irene tuvo la extraña sensación de que sus dedos eran las cuerdas del violín, y de que Tomi interpretaba en ellas una sonata que salía de las entrañas de la tierra.

Cuando escucharon los pasos de la madre, los dos retiraron sus manos.

—¿Te quedas a comer?

—No, me esperan en casa.

—Vuelve por la tarde, si quieres.

—Por la tarde, sí —apoyó Tomi.

—Sí.

Estuvieron aún hablando de música, del campo, del trabajo de Tomi. Tenían algunas vacas, pero había que venderlas.

Las leyes les exigían hacer unas instalaciones que no podían pagar. Irene se preguntó de qué vivirían entonces, pero no se atrevió a hacer la pregunta en voz alta.

—Mi habitación —dijo Tomi.

—¿Tu habitación?

—Quiero que la veas, sí.

Irene miró hacia la madre de Tomi. Esta dudaba.

—¿La tienes ordenada?

—Sí.

Pasaron por un pasillo oscuro. Olía a vacas, porque se acercaban a una ventana, al fondo del pasillo, que se asomaba a lo que parecían ser las cuadras.

Tomi abrió una puerta.

–Aquí.

Al pasar delante de él, Irene advirtió que respiraba con un leve jadeo.

No estaba ordenada: era el orden mismo. La cama estaba hecha, con la manta muy tensa, cubriendo la almohada. Todas las paredes estaban cubiertas por carteles o fotos de campanas y de fuegos artificiales.

–Le gustan las campanas y los cohetes –aclaró su madre desde el pasillo, mientras se alejaba, dejándolos solos.

–Las campanas, sí –dijo Tomi.

De pronto tocó su pelo. Como un niño cogiendo una manzana del árbol, sin malicia.

–¿Te gusta?

–Mucho, sí.

Irene sentía sus dedos, comprobando la textura del pelo entre el pulgar y el índice.

Tomi habló de campanas. Sabía mucho de ellas, de fundición, de mecanismos, de carillones automáticos... Repetía nombres de campanas alemanas, de fundidores, de catedrales de capitales europeas...

Mientras hablaba de ellas, no había nada de anormal en él. Irene pensó en aquella extraña discordancia, que ya había notado con la música. El Tomi inquieto y desconcertante de los tiempos muertos dejaba su lugar a un Tomi interesante y experto, como si fueran dos personas distintas.

Luego abrió carpetas sobre fuegos artificiales. En ellas había una larga serie de dibujos hechos por él mismo sobre pirotecnia. Pero no dibujos de los fuegos en el aire, sino esquemas de preparación de las carcasas y las filas de cohetes en el suelo, o en cuerdas sostenidas por estacas.

–Son muy buenos.

–Muy buenos, sí.

–¿De dónde los sacas?

Tomi se rió.

–Los invento. Una vez el cartero me trajo una hoja en la que uno que hace cohetes había puesto todo lo que se necesitaba para un castillo.

Buscó en un cajón y sacó un papel muy manoseado en el que se veían algunas cifras y un esquema. Era más simple y torpe que los de Tomi.

–Este era. Y estos los que he hecho yo.

Lo decía con orgullo, porque eran mucho más complejos, dibujados con gran precisión, y con una perspectiva mejor que buena.

Irene siguió mirándolos. La letra de Tomi, que acompañaba a los esquemas, era bonita, muy cuidada, redondeada y grande. Eran notas sobre pirotecnia, pero de vez en cuando había un párrafo más largo. Reflexiones sobre fuego y sonido.

–Mira.

Del mismo cajón sacó un cuaderno de espiral. Cuando lo abrió, Irene vio que estaba lleno de cifras. Tomi señaló una página.

–Esta, ¿ves? Es el cálculo de este esquema.

Y señaló a uno, sacándolo de entre los demás.

Irene dudó de que aquellas cifras fueran verdaderos cálculos sobre la fuerza de los cohetes. Parecían ordenadas y coherentes, pero tal vez solo en su forma. Pero no pudo comprobarlo, porque Tomi cerró la carpeta con celeridad, como lo hacía todo.

Cuando dejaron la habitación y llegaron a la cocina, su madre los estaba esperando.

–¿Has visto lo de los cohetes?

–Sí, es increíble –dijo Irene sinceramente.

–Pues no ha visto nunca cohetes de verdad, salvo los que se ven lejos, desde aquí, en las fiestas de Cansares.

–Una vez, sí –dijo Tomi, con alegría, como si hubiera sido ayer mismo, y no en el pasado.

–Sí, pero te desmayaste.

Al oír aquello Irene se detuvo y miró a Tomi.

–¿Por qué?

–Mucho ruido, sí.

–Se desmayó. Le encantan, pero los oye muy fuerte. Aunque se tape los oídos. No hemos vuelto.

–No hemos vuelto, no –rió Tomi.

Irene recordaba lo que había leído acerca de los desmayos de Mozart por la trompeta, mientras salían afuera.

El sol ya iluminaba la casa y las moscas zumbaban a su alrededor.

–¿Volverás mañana?

Irene pensaba en regresar aquella misma tarde, pero no se atrevió a decirlo.

–Sí, volveré.

–Volverás, sí –dijo Tomi.

Pero parecía ajeno, como si no le importara. El mono azul caía desde sus caderas y el pelo le brillaba. Irene no pudo mirarle mucho tiempo de frente.

–Hasta mañana.

Lo dijeron los tres a la vez. Y también se rieron los tres al mismo tiempo. Caminando, Irene sentía sus miradas en ella.

Cada paso era una nota, y el concierto para violín y armónica iba creciendo bajo sus pies.

Volvió a ver los trapos blancos en los abedules y se lamentó de no haber preguntado por ellos. Hubiera vuelto, pero Tesa volvió a aparecer en su mente: «Doña Me Voy Pero No Me Voy».

Irene soltó un taco, dirigido a mil kilómetros de distancia. Todavía sentía un cosquilleo en

el pelo

parecía importante para Tomi, o al menos el mío. Mientras lo acariciaba, o más bien debería decir que lo probaba, yo sentía el deseo de que acariciara también mi cabeza. Pero no lo hizo. Tomi es delicado, suave, pero solo en sus intenciones. Sus dedos son torpes, salvo cuando pisan las cuerdas en el violín. Pero necesita tocar para estar seguro de que quien tiene delante es real. Para él, conversar sin tocar es casi una tortura. Pero se contiene.

Con su madre no. Mientras su madre me hablaba, mientras me contaba lo cariñoso que es, yo me preguntaba si no era injusta con mis padres. Nunca les había devuelto nada de lo que me habían dado. Soy una decepción para ellos, y me consuelo pensando que también ellos lo son para mí. Sé que es mi coartada, sospecho que es algo muy injusto por mi parte, pero no puedo hacer nada para evitarlo.

Tiene razón la madre de Tomi. Él es diferente, no tiene maldad. Sabía muy bien que quería acariciarme, sentir mi mano. Pero se da cuenta de que los demás no entienden eso. Su madre me habló de alguien que extendía rumores sucios sobre su inocente necesidad de caricias. Por eso Tomi golpea en el suelo con el pie, porque se contiene, pero necesita al menos ese contacto con el mundo real, para saber que no se está soñando a sí mismo.

En el fondo, en eso somos iguales. Yo quería a Yárchik y también necesitaba tocarle, acariciarle, para sentirle de verdad. Y que él devolviera las caricias para saberme viva a mí misma. Pero no quiso. No es que no me quisiera, pero no sentía la misma necesidad que yo, o al menos todavía no.

A partir de mi fracaso dejamos de vernos unas semanas a solas. Lo hacíamos con dos amigos de conservatorio, María y Mario, dos géminis de calendario, metafóricos y reales, con los que habíamos formado un cuarteto de cuerda improvisado, sin más seriedad que la de nuestros sueños. Ella tocaba el violonchelo y él el violín, como yo.

Es verdad lo que dice Yárchik: tocar en un cuarteto de cuerda es algo que no tiene nada que ver con ninguna otra cosa: todo encaja y todo se multiplica. El sonido que generas se une a los otros, cada nota es la pieza de un rompecabezas, o como decía Mario, de un «iluminacabezas». Yo miraba a Yárchik mientras tocábamos y sentía que en cada nota le enviaba una caricia, pero él no me miraba. Cuando toca parece flotar, cierra los párpados y respira con dulzura. Y con eso le basta.

Allí, en Cansares, la lejanía iba diluyendo el recuerdo físico de Yárchik. Cuando me respondió al primer correo electrónico, en el que le contaba el diálogo con Tomi y nuestro primer concierto, advertí un cambio en él. Parecía ansioso por verme, algo nuevo para mí. Hablaba más de lo que me echaba de menos, de nuestro cuarteto con María y Mario, de los planes para el invierno, de todo lo que haríamos juntos, los dos y los cuatro, que de Tomi.

En cuanto a Tomi, estaba sorprendido, y quería saber más. Me hacía preguntas técnicas que parecían de mi padre. Pero no parecía compartir la emoción conmigo. Por eso, nada más leerlo, le conté lo que había visto en el ordenador de mi padre.

Y es que la sospecha de que los datos que había logrado reunir mi padre sobre Mozart coincidían con los rasgos de alguien como Tomi me había llenado de deseo de saber. La diferencia estaba en que Mozart había tenido un padre acostumbrado a enseñar música prácticamente desde la cuna, mientras que Tomi se las había tenido que arreglar solo. Y solo seguía. ¿Qué hubiera pasado si Tomi hubiera tenido a alguien como el padre de Mozart?

Al preguntárselo a Yárchik en el correo de vuelta, o al hacerme yo misma las preguntas ante él, no dejaba de sentir cierta angustia, porque me daba cuenta de que estaba reclamando para Tomi a alguien como mi propio padre. ¿Era eso lo que quería para él?

Aquella vez la respuesta no se hizo esperar. Yárchik había recibido el mensaje de inmediato, y había hablado con su padre. Y su texto rezumaba ironía por todos lados. Decía que su padre ya había leído cosas así sobre Mozart. Citaba el síndrome de Tourette, del que yo no le había hablado, y acababa con una pregunta: ¿Podría un retrasado componer como componía Mozart, escribir las cartas que escribía, definir tan maravillosamente cuál era su proceso creador? Para su padre, y para Yárchik, toda la literatura sobre el Mozart infantil y un poco bufón, incluso su afición a hablar de culos y de mierda, no era más que la prueba de que el genio le absorbía de tal modo que en sus ratos libres tenía que distraerse con lo que podía, que en aquel tiempo era bien poco.

Por un momento me hizo dudar. Pero aquella misma mañana había estado en casa de Tomi, en Las Esquilas, y había visto sus trabajos, un poco obsesivos, sí, pero perfectamente elaborados, sobre campanas y pirotecnia. De haber aprendido música, ¿no habría visto cuadernos igual de prolijos llenos de sonatas, cuartetos, óperas y sinfonías?

En aquel instante, mientras me enrabietaba frente al correo de Yárchik, me dije a mí misma que seguiría las instrucciones de mi padre, porque era evidente que quería demostrar que Mozart pudo ser como Tomi, tener el mismo síndrome. En aquel momento, me hubiera arrojado al fuego por demostrarlo yo misma.

Me cuesta mucho, ahora, saber lo que hubiera decidido de haber conocido

los planes

de Horacio eran tan elaborados que Irene se dio cuenta de que habían sido establecidos mucho antes.

–Hay una casa modernista aquí, en Cansares, en el bosque de La Granda. ¿Sabes cuál digo?

Sí, lo sabía. En sus primeros paseos había pasado junto a ella, más de una vez. Era un chalé de indianos, romántico y hermoso, rodeado por una verja de hierro ondulada y por palmeras, cipreses y abetos enormes.

–Sí.

–Bueno, es de la tía de un compañero mío.

Horacio hizo una pausa. Miraba a Irene como si no estuviera seguro de que lo que iba a decir fuera una buena idea. Pero ella sabía que no era más que una pose, que lo sabía muy bien.

–Tiene un piano. Bien afinado.

Al escuchar la palabra «piano» Irene sintió un escalofrío. Era lo que la había separado, casi definitivamente, de sus padres. El piano era el culpable de la ausencia de cariño y de caricias entre los tres. No lo tocaba desde entonces. No podía ni siquiera pensar en él sin experimentar una náusea.

–Estaba pensando –siguió Horacio– que tal vez podrías llevar a Tomás hasta allí. Solo por ver lo que es capaz de hacer con un piano, un instrumento que no ha usado nunca. Te puedo dejar la llave. Dices que te dejan tocar el piano, te lo llevas con tu violín, si quieres, y le propones que toque...

Irene enrojeció, pero asintió con la cabeza. Sentía vergüenza por estar aceptando engañar a Tomi, pero se dijo que merecía la pena. Al fin y al cabo, sentía la misma curiosidad que su padre.

—¿Quieres verlo antes?

Irene aceptó. No se encontraba bien, pero no dijo nada.

Su madre le dio un beso de despedida, lleno de amor. Le resultaba curioso recibir aquel cariño solo por aceptar los planes de su padre, pero lo recibió con un resto de ternura. Respondió a su abrazo como pocas veces lo había hecho, en los últimos meses, pensando en Tomi y en su madre, en su cariño, tan sincero y espontáneo como simple.

Horacio llevaba consigo una bolsa. Pero solo al llegar al chalé reveló su contenido.

—Coge el equipo —dijo, al ir a cerrar el coche.

Así que es eso, se dijo Irene. Su magnífico magnetófono, el que usaba cuando ella era niña y estaba en camino de convertirse en genio. No lo había vuelto a ver en años, y ni siquiera sabía que aún lo conservaba.

La casa era tan distinta a todo por dentro como por fuera. Horacio le explicó que era de principios de siglo, y que en sus dos o tres garajes se guardaban algunos coches espectaculares: una colección de los primeros modelos de Hispano Suiza, un Bentley...

El piano era de cola. Cuando Horacio abrió uno de los altísimos postigos de la sala de música, Irene vio que estaba cubierto por una sábana. Pero, al quitarla, pareció que de su madera exhalara un suave aroma de antiguas veladas. Era magnífico, un Steinway elegante e imponente.

La sala daba a una terraza, algo elevada sobre el jardín. Irene se asomó un momento y trató de pensar cómo se viviría en una casa como aquella, con un Steinway en la sala de música y coches de lujo en las cocheras, en medio de un valle tan pobre.

—Prueba el piano, si quieres.

Mientras Irene lo probaba, Horacio instaló el equipo de grabación donde no se podía ver.

No quiso tocar nada. Se limitó a probar las teclas del piano sin pulsarlas con la yema, sino con el dedo completo. Su sonido era puro y cada tecla parecía albergar en su interior de marfil tardes y noches deliciosas.

Sí, estaba afinado. Con tanta precisión, que Irene sospechó que su padre lo había hecho afinar muy recientemente. Cuántas preocupaciones, se dijo.

Cuando salían de la casa, Irene se excusó un momento para volver a la sala de música. Se aseguró de que su padre no la había seguido, y abrió el pasador de la ventana.

Después de comer, cuando aún no eran las tres, Irene salió hacia Las Esquilas. Esta vez llevaba consigo el violín. Llevaba también una cinta magnetofónica: notaba la caja presionando sobre su muslo, en el bolsillo.

Mientras caminaba hacia Tomi no podía evitar preguntarse si era correcto lo que estaba haciendo. Ella quería saber, sí, pero no estaba segura de querer que su padre supiera. Para ella, Tomi era algo único, distinto a todo. Y la idea de compartirlo con su padre le quitaba energía. Quería demostrarle a Yárchik que su padre tenía razón, que Mozart podía haber sido un niño, un chico como Tomi, tan distinto y tan tierno, tan extraño y tan genial. Pero si para ello tenía que perturbar a Tomi... Aquello era otra cosa.

Tomi estaba esperando en la mitad del valle. Los pañuelos blancos habían desaparecido de los árboles. Irene estuvo a punto de preguntarle por ellos, pero la alegría de Tomi al verla hizo que se olvidara, una vez más. Estaba radiante, y llevaba también su violín. El estuche era negro y tenía pegadas varias etiquetas, rasgadas tiempo atrás.

El encuentro fue gozoso. Tomi se reía a carcajadas mientras abría su violín. Los dos se sentaron en la hierba, en medio del valle, con sus violines por medio.

El de Tomi no tenía barbada, pero sacó de su bolsillo un pañuelo de un blanco inmaculado, lo dobló con cuidado y logró colocar su barbilla con perfección casi académica. Irene se apresuró a empuñar su propio violín.

No habían dicho apenas nada, y ya estaban tocando. Irene no hubiera sabido decir qué. Era algo más que sus improvisaciones con Yárchik, era escalar por la brisa, asomarse al valle, planear sobre el pueblo, llegar hasta el mar, bailar con las nubes y los pájaros y volver al valle dulcemente, jugando unas notas con las otras, rozándose las alas...

Tomi se retorcía, martilleaba con el arco sobre las cuerdas como un poseso, abría los ojos, estiraba los labios para lanzarse a los intentos más osados, salía de ellos con una carcajada o un «¡Sí!» y le cedía el turno a Irene, para que fuera ella quien arriesgara. Y también ella se reía, algo que nunca había hecho mientras tocaba.

Al acabar, los dos jadeaban.

–Bien –logró decir Irene, entre resuello y resuello.

–Bien, sí.

Y el Tomi eléctrico y genial volvió a desaparecer tras la bruma de sí mismo.

El silencio fue apaciguando Las Esquilas.

Irene tragó saliva y dijo:

–¿Hacemos una excursión? Quiero enseñarte algo.

–¿Una excursión? Sí, una excursión.

Mientras caminaban, adentrándose en el bosquecillo negro que dividía Las Esquilas del resto del mundo, Irene tomó su mano. No se acostumbraba a su aspereza, pero no le desagradaba. Al contrario, la buscaba con roces casuales de los dedos, pensando en que esa rugosidad no era fruto de la música, sino del trabajo.

Al ponerse a su lado vio con sorpresa que no era más alto que ella. No lo hubiera dicho antes.

Irene llevaba el violín en la mano izquierda, la mochila negra muy sujeta a su espalda y su mano en la de Tomi. Y Tomi la suya en la de Irene, y su violín en la mano derecha.

–No me gusta este bosque, no me gusta –dijo Tomi, al enredarse con una zarza.

–Ni a mí. Me gusta el tuyo. ¿Has plantado tú los abedules?

–Los abedules, sí.

Dio unos pasos, apretó la mano de Irene, y añadió:

–Cuando sea mayor coleccionaré abedules de todo el mundo. El valle se llamará el Valle de los Abedules. Me mandarán abedules de Siberia, de Canadá, de China, de todas partes. Abedules, sí.

Y se quedó en silencio.

–¿Y por qué los has plantado así, filas y grupos?

–Como las tracas –dijo Tomi, un poco enigmático.

–¿Como las tracas?

–Sí, las filas «fsssssss», y los grupos «bum».

«Un castillo de fuegos artificiales caído sobre la hierba», pensó Irene. «Fuegos silenciosos». Y sonrió.

Rodearon el pequeño centro de Cansares sin ver apenas a nadie. Se internaron por la misma carretera que Irene ya conocía, en el bosque de La Granda, hasta que vieron el chalé.

–¿Lo conoces?

Tomi negó con la cabeza.

–¿Nunca habías venido por aquí?

–Nunca, sí.

–¿Nunca o sí? –preguntó Irene, riéndose con franqueza.

Tomi enrojeció un poco, como si no supiera qué contestar. Pero Irene apretó su mano con fuerza, queriendo decir «no pasa nada». Tomi enlazó sus dedos con los de ella.
–Dentro hay un piano –dijo Irene.
–Un piano, sí.
–¿Lo sabías?
–No.
–Ven.

Irene abrió la verja, hizo que pasara Tomi y la cerró tras ellos. Notaba las llaves en el bolsillo, junto a la cinta magnetofónica, pero desde que su padre la había llevado allí ella tenía otra idea.

Al dar la vuelta a la casa se encontraron con el jardín. Palmeras, viejos abetos curvados, setos de boj algo descuidados, pero aromáticos... Un pequeño estanque lleno de hojas y plantas acuáticas devolvía la imagen de los árboles y el chalé, como en un cuadro impresionista, y al otro lado estaba la terraza.

El jardín, silencioso y oscuro, respiraba misterio. Irene se agachaba, se acercaba a los árboles como escondiéndose, y lograba que Tomi asumiera aquella misma actitud. Era su regalo: ella sabía que todo estaba pactado, pero también que a él le excitaría aún más aquella especie de asalto a la casa vacía.

Subieron por una ancha escalera de piedra e Irene fue probando las ventanas, empujando, hasta que una cedió a su presión.

De la casa emanaba el olor a cera y falta de oxígeno puro que Irene ya conocía.

Miró hacia Tomi y se llevó el dedo índice a los labios, pidiéndole silencio. Los ojos del muchacho brillaban de excitación.

Irene pasó una pierna por encima del marco de la ventana, y luego el otro. Cuando estuvo dentro, le alargó la mano a Tomi. Estaba caliente y húmeda. Tomi apoyó un pie en el marco, se impulsó y saltó dentro.

El golpe de sus pies resonó en el interior de la casa.

En penumbra, los dos avanzaron hacia el piano cubierto por la sábana. Y cuando tiró de ella y apareció la madera negra y brillante, vio cómo se abrían los ojos de Tomi, hasta el límite de lo posible.

–¿Te gusta? Es un piano de cola.

–De cola, sí.

Como siempre, Irene no supo si lo decía porque había visto la foto de alguno, o como un simple eco de su voz.

Pero cuando Irene levantó la tapa, Tomi pareció enloquecer: miraba el mecanismo con fascinación, como si estuviera ante un tesoro.

–Campanas –dijo.

–Sí, son como campanas –dijo Irene un poco desconcertada. Entonces presionó suavemente una tecla, al azar, esperando el instante en el que Tomi escuchara aquel sonido casi milagroso.

Y al hacerlo, su rostro se relajó. Parecía que la nota solitaria despertara de nuevo al Tomi que ella había visto ya varias veces, cuando tocaba, cuando

su cuerpo se transformaba en música,

sus ojos se entrecerraban y su nariz se ensanchaba, como si también oyera a través del olfato, como si aspirara la nota para metabolizarla.

Aún vivo aquella hora extraña y fascinante.

Sin que Tomi se hubiera dado cuenta, había puesto el magnetófono a grabar. Me senté en la banqueta y le invité a hacer lo mismo. Recuerdo muy bien cómo miraba el teclado, con una concentración y una fascinación que yo nunca había visto. Puse los dedos sobre las teclas y las hice sonar, mientras mantenía su vibración con los pedales. Tomi tenía las manos en el regazo, pero yo veía cómo hormigueaban sus dedos, como si sintieran las teclas, como si fueran los míos.

No hablé. Dejé que fueran mis manos quienes lo hicieran: hice escalas completas, usando las negras, deteniéndome al final de cada una, como si la escala fuera una pieza en sí misma. Yo sabía que Tomi había tocado el acordeón de niño y que, por tanto, no le serían extraños los movimientos de los dedos. Él se reía, agitaba la cabeza de vez en cuando, decía «sí, sí» o «muy bien, sí», a su manera, con su voz aguda y algo cortante.

Por fin, le invité a hacer lo mismo.

Y lo hizo, cómo lo hizo. Al principio parecía sorprenderle lo que sus manos lograban, casi se asustaba al comprobar la extraordinaria sonoridad del magnífico piano de cola. Pero cuando se acostumbró, comenzó a imitar mis escalas. Sus dedos comenzaron con alguna torpeza, y de vez en cuando acariciaba unos contra otros, casi consolándose mutuamente por sus pequeños fallos. Hubiera querido hacerlo yo.

Al cabo de unos minutos, cuando por fin completó su primera escala con éxito, lanzó la cabeza hacia atrás y prorrumpió en una carcajada contagiosa.

Creo que aquella carcajada significaba: «Muy bien, ya lo entiendo, ya sé lo que es un piano, lo que hace cada tecla, por qué hay cincuenta blancas y treinta y cinco negras, y cómo tocan dentro de la caja, cada una en su cuerda, cada una en su campana; y ya sé que si empiezo una escala por los graves puedo encontrar la misma nota siete veces, pero cada vez más alta, y...».

También reí, y poniendo las manos en el teclado, respondí a su escala con otra. Fue verme acabar y ya estaba repitiendo la suya, dos octavas más alta, y una, y otra vez... hasta que comencé a hacer otras cosas. Y él a responder con otras...

La emoción me inundaba. Sentía una gota de sudor corriendo por mi espalda, un rastro frío en medio de un incendio. No sé cómo fui enseñándole, no comprendo cómo fue aprendiendo. Hice un acompañamiento sencillo con la mano izquierda mientras punteaba una melodía imaginaria con la derecha. Tomi respondió con su voz aguda, «ah, sí», y con las manos: me empujó ligeramente con el hombro e hizo lo mismo que yo, sin un fallo.

Se reía, me reía. Y sentía su muslo cerca del mío, emitiendo música también. Una música incomprensible, que venía del mismo instante de mi nacimiento, que me hablaba sin palabras de mi infancia, de mi madre, de mi padre, del cariño, de la ternura, del amor.

Tuve que apartar un poco mi pierna para poder volver a concentrarme en el piano.

Había pensado en la *Variación para piano y violín 360* de Mozart, un tema que había trabajado tanto en mis primeros tiempos al piano como luego al violín. Me lo sabía de memoria, en todas sus variaciones, pero tenía esa propiedad: podía improvisar sobre él, acelerar o ralentizar a voluntad...

Mi plan era tocarlo una vez, y dejar que Tomi lo intentara, corregirle, llevarle de la mano hasta la verdad de Mozart. Pero no lo hice. Quién sabe por qué, quién sabe gracias a qué, o quién sabe por culpa de qué.

En ese momento sentí a mi padre dentro de mí, con toda su intensidad de neurólogo, y poco después supe qué estaba haciendo allí yo, por qué estábamos en Cansares...

Toqué los primeros compases mirando de reojo a Tomi. Despacio, dejando que cada sonido se significara a sí mismo. Es una melodía sencilla, dotada de esa simpleza abrumadora que solo Mozart sabía encontrar debajo de la vida, en su sustrato, una idea poderosa por simple, simple por poderosa. Casi la explicación inconsciente de la vida. Tiene razón Yárchik: la música no se puede traducir con palabras, no tiene nada que ver con ellas, va mucho más allá, mucho más abajo, al centro de la Tierra, del universo.

Solo toqué el inicio, los primeros compases, la insinuación de su tema. Y me detuve.

Tomi asintió. Tenía una sonrisa un poco tensa en sus labios y también sudaba un poco. Podía oler su campo, sus vacas, su valle y sus abedules, su arroyo y su molino, su perro, su madre, su cocina y sus fogones, sus cuadernos solitarios y sus cálculos precisos. Todo eso podía oler cuando acercó sus dedos al teclado y, con exactitud, dibujó la melodía. Sonó un poco vacilante, pero puedo decir que solo por la consistencia de las teclas, como si no estuviera seguro del sonido que iba a extraer de ellas cuando las exprimiera con su extraña, inexplicable sabiduría.

Acabó y me miró. «Sí, sí», dijo. No hice nada. Le miraba sonriendo. Tomi volvió a inclinarse sobre el teclado y repitió la melodía, hasta que la última nota se fue apagando. Y recomenzó, y creció, y subió el tempo, y dejó la frase como una pregunta, y la pregunta se respondió a sí misma.

Y Mozart resucitó durante unos minutos en aquel perdido chalé de indianos. Tomi parecía leer una partitura imaginaria; pero cerraba los ojos, se emborrachaba por su propia música, o por la de Mozart, o por la de los dos, o por la de quién sabe quién...

Y supe que la naturaleza, el universo, manda a sus emisarios, intermediarios entre ellos y el resto de los hombres. Y los hombres los vemos diferentes, pero llegará un día en el que los veremos como la avanzadilla de una nueva forma de entenderlo todo. Lo había dicho Yárchik, y ahí tenía la demostración de sus palabras: la música no se crea, se descubre, como un teorema. Y Tomi había descubierto, sin saberlo, el mismo teorema que Mozart.

Todo eso supe mientras aguantaba las lágrimas. Tomi ya no miraba el teclado. Sus párpados aleteaban mientras echaba su cabeza atrás, mientras el *andantino* se hinchaba y deshinchaba como la vela de un extraño barco.

Tenía a mi lado el violín. Lo saqué, lo acuné, y lancé el arco contra las cuerdas, acompañando como Mozart quería que las cuerdas acompañaran al piano, como no podía ser de otra manera: subrayando, ensalzando el mando vigoroso del piano en el andantino, y Tomi gritaba «¡Bien, bien»!, cada vez en voz más alta, con sus dedos ampliándose, sus codos cimbreando, su pecho subiendo y bajando...

Cuando acabamos nos miramos. Dejé el violín en su estuche, con las mejillas arrasadas por las lágrimas, y miré a Tomi a los ojos, y vi su emoción apagándose poco a poco, un volcán lanzando sus últimas fumarolas, un faro extinguiendo sus guiños al amanecer...

Le abracé cuando el genio aún latía en su pecho, uní mi mejilla a la suya y sollocé, sin poder evitarlo, sin querer evitarlo. Sollozos roncos que subían de mi estómago, del estómago del mundo.

Al separarme, vi que Tomi no entendía mi reacción, que se reía desconcertado. Era tan inocente, es tan inocente, que aquel momento prodigioso había sido simple y natural, como el crecimiento de las hojas de los abedules en primavera. Y dijo:

«Y ahora, qué».

Irene respondió:
–Ahora nos vamos, antes de que nos pille alguien.
Tomi miró a su alrededor, y preguntó:
–¿Pero hay alguien?

—No, pero pueden llegar.

Cerraron el piano. Irene creyó ver un brillo especial en los ojos de Tomi, mientras la maquinaria, aquello que había llamado «las campanas», quedaba enterrado bajo la caoba. Y aún lanzó una última mirada al teclado, antes de que también su blancura se extinguiera.

Salieron por la ventana, la encajaron y echaron a andar entre las sombras de la terraza.

Un cuervo salió volando de un abeto y pasó sobre sus cabezas crascitando con todas sus fuerzas.

Tomi se rió y lo señaló en el aire:

—Ese nos ha oído.

Irene también se rió.

—Y parece que no le ha gustado.

Cuando sobrepasaron las últimas casas del pueblo, Irene le dijo a Tomi que tenía que volver a su casa, con sus padres.

—¿Te importa que no te acompañe?

—Me importa, sí.

Parado en medio del camino, mirando a los árboles, como ajeno... Irene hubiera querido decir: «¿Estás ahí?».

Pero no dijo nada. Se adelantó un paso, tomó su mano y acercó sus labios a su mejilla. Aún olía a música y a sudor limpio, a campo y a belleza.

Cuando recibió su beso Tomi se rió, enrojeciendo, sin mirar a Irene. Con la mano libre, le acarició el pelo. Su mano rugosa vibraba. E Irene supo que sí, que estaba ahí. Le vio irse camino de Las Esquilas a grandes zancadas. Se volvió hacia ella, saludó con la mano, e Irene todavía escuchó un «¡Sí!» y una risa.

Desanduvo el camino escuchando en su mente el *andantino* de Mozart.

—De Mozart y de Tomi —dijo en voz alta.

Luego, apresuró el paso.

El chalé parecía ahora, en las sombras de la atardecida, más misterioso y solitario.

Irene usó la llave. La puerta chirrió. No encontró la luz, y tuvo que avanzar casi a tientas, hasta que dio con la puerta de la sala de música. Silencio. Irene pensó: «¿Dónde están las notas? ¿Por qué se extingue la música?».

Avanzó hasta el piano, y luego hasta el magnetófono escondido. Una luz parpadeaba. Oprimió la tecla de retroceso y escuchó durante unos minutos, con las mejillas encendidas. Allí estaba la prueba, lo que tanto ansiaba encontrar su padre. La música de Tomi se elevaba en espiral, crecía, se contenía, descendía hasta quién sabe dónde, buceaba en el centro de la Tierra, volvía a emerger poderosa y firme... Y la risa, sincopada, un «no», una carcajada mecánica que sonaba a disculpa por no ser Dios... También se escuchó a sí misma, a su violín, obediente, sumiso al mando vigoroso del piano, a aquella música inventada doscientos años antes, quince minutos antes...

Stop.

Silencio. Brisa, una bocina lejana.

Irene, Irene.

Sacó la cinta.

—Aquí la tengo, Yárchik —susurró.

La guardó en el bolsillo y sacó la otra. La contempló en su mano. Unos centímetros de plástico transparente, una breve cinta marrón, enrollada en su silencio, una serpiente engañosa. La apretó. Y ya sin dudar la puso en el magnetófono y lo puso a grabar.

Se sentó en el piano, abrió la tapa, rió en voz alta:

—A ver, Tomi, a ver...

Le extrañaba su propio eco, su propia voz. Completó una escala, volvió hacia atrás.

—Ahora tú, Tomi.

Hizo una escala llena de fallos.
-No, mira.
Otra escala, perfecta. Y otra imperfecta, algo mejor...
-Bien, sí, vas bien.
Y otra perfecta, y otra imperfecta.
Luego inició el *andantino*. Leves notas, pasos de pájaro en la rama del árbol de la vida...
-¿Te gusta? ¿Quieres probar?
Y pulsó las teclas. Y las notas leves se volvieron plomo... mecánicas, zafias...
Y siguió tocando, una cacofonía espantosa, un juego de niños sobre un piano viejo, y de los ojos de Irene caían lágrimas hirviendo, y resbalaban por su mentón, y caían sobre las teclas blancas, sobre los dedos, e Irene ahogaba un sollozo que subía de su pecho buscando perdón y consuelo por la mentira, perdón, perdón, donde antes había habido otro sollozo que suplicaba por la belleza.
Fuera

ya era de noche

cuando volví a casa. Mi padre me esperaba. Al verle, recuerdo que me detuve. No podía tragar saliva. Me dolía la cabeza como nunca, como hacía cinco años al menos que no me había vuelto a doler. Y notaba las dos cintas en los bolsillos de mis pantalones, creyendo que eran tan grandes como cajas de zapatos...
En aquel momento mi padre era terrible y niño. Allí estaba, a mi merced, como yo lo había estado siempre, a cada instante. Metí mi mano en el bolsillo de la mentira mientras él me abrazaba.
Perdón, papá, perdón...
Le di la cinta de la serpiente enrollada y con él negaba a Tomi, a su música, al nacimiento de la belleza que escon-

día en mi otro bolsillo, que aún me pesa, que aún me angustia...

Pasé por la sala, besé a mi madre y lloré sobre su pecho. Nunca hemos estado cerca de verdad, nunca. Pero aquella noche la mentira nos acercó. Por qué lloras, me decía, y yo contestaba mentiras, y si lloraba era porque contaba mentiras, pero me decía sé fuerte, sé fuerte, mientras yo intentaba, en vano, sentir lo mismo que Tomi cuando abrazaba y besaba a su madre...

Subí al cuarto del ordenador, para escribir a Yárchik. Se lo conté todo, todo, sobre el milagro de Tomi frente al piano, frente a la música de Mozart. Le ofrecía la cinta de la verdad, para demostrarle que sí, que Mozart podía haber sido como Tomi. Y después le preguntaba qué debía hacer, me ponía en sus manos para no poner a Tomi en las de mi padre. Sé que escribí:

«No entiendo lo que he vivido, no estoy segura de nada, salvo de lo que he visto y he oído. Tomi no conocía ese *andantino*, Yárchik. Tomi no había tocado nunca el piano. Pero escuchó los primeros compases y la música nació de sus dedos, sin dudas, sin vacilaciones, la desarrolló como Mozart, la llevó a la belleza absoluta, multiplicó sus notas, buscó las armonías con perfección, hizo las variaciones justas, la volvió a crear, Yárchik, la volvió a crear. Como Mozart, Yárchik. He visto a Mozart, pero luego era un chico distinto y ausente, ajeno a lo que había logrado hacer. ¿Qué significa? ¡Dímelo!»

No le pedía que me explicara el otro misterio, la atracción que sentía por Tomi, no me atreví a confesarle mis sentimientos. Estaba aún reciente la herida de amor, sin cicatrizar, que el propio Yárchik me había dejado en la piel. Y aún le amaba, aún le amo, pero Tomi era para mí un misterio vivo, un elfo del bosque, ingenuo y puro, enigmático en sus momentos de ausencia, pero magnífico en sus momentos de inspiración, con la armónica, con el violín, con el piano... Un elfo irresistible, pero prohibido. Me lo prohibía el sentido común, o más bien el miedo: yo sabía muy bien, aún lo sé, que Tomi es diferente, que el mundo le ve como un retrasado, que cualquiera se reiría de él si no le viera creando música. Estaba más confusa que nunca, aturdida y dolorida, con la cabeza estallando y el corazón desgarrado... Podía más en mí el qué dirán que el rumbo de mi corazón. Así de cobarde era.

Si cerraba los ojos veía a Tomi, su perfil perdido en el vértigo de su propia música, sus párpados cerrados aleteando como mariposas que bailaban, sus dedos sabios sin saberse sabios. Entonces pensaba que le amaba. Pero si abría los ojos veía el mundo a través del ordenador, y el mundo era perfecto, limpio, sin lugar para un chico subnormal manchado por el estiércol de sus vacas, con gestos desconcertantes, chirriante, inquieto e inseguro. Me dije que no había lugar para él en ese mundo, no lo había, y no había lugar para mí junto a él.

Recuerdo que mi padre me sacó del estado de catatonia en el que me encontraba. Dijo «qué mal», y me quise morir. Venía con la cinta falsa en su mano. Quise levantarme y correr hasta sus brazos, dejar que su mirada descubriera la verdad, que lo que había escuchado era mentira, que la cinta auténtica estaba aún en mi bolsillo, y que en ella Mozart volvía a la vida, desnudo y simple por fin: el misterio resuelto, la respuesta a sus preguntas y sus investigaciones.

Pero no lo hice.

Sí, qué mal, contesté.

Y mandé el correo a Yárchik, rezando por una respuesta que me sacara de la espantosa angustia en la que estaba prisionera. Y me fui a dormir, o a intentarlo, y ni siquiera quise bajar a darle un beso a mi madre.

Pasé la noche sin poder cerrar los ojos apenas, y por la mañana me sentía aún peor. Una parte de mí quería ir a Cansares, pero la otra me sumía en la parálisis. Abría un libro, trataba de leer unas páginas, lo cerraba, empuñaba el violín, trabajaba un poco, me asqueaba a mí misma, atraía recuerdos que rechazaba cerrando el estuche de nuevo…

Y de vez en cuando salía al pasillo. Mi padre trabajaba en silencio, pero oía sus dedos sobre el teclado del ordenador, y su respiración. Sonaba a viejo, a hospital, y un escalofrío me devolvía a mi habitación. Al mediodía, antes de comer, logré salir al jardín, asomarme a la naturaleza torturada de Cansares.

Mi padre salió, me preguntó si quería algo del pueblo o ir con él. Le dije que no. Por un momento le vi dudar. Debía de estar luchando por decirme que fuera a Las Esquilas, que siguiera adelante con la investigación. Pero no lo hizo, fue generoso.

Esperé a que se fuera y subí al

cuarto de los secretos,

así lo llamaba Irene en su mente.

Antes de abrir el correo echó un vistazo a las carpetas en el ordenador. Allí estaba la que había consultado dos noches antes: Mozart. Y dentro de otra sobre trabajos pendientes encontró la que buscaba: Síndrome de Williams. Iba a hacer clic sobre ella, pero su dedo se marchó, no quiso. Abrió el correo y trató de conectar. Cuando lo consiguió, tras dos intentos, vio que Yárchik, como esperaba, le había contestado:

Irene, te conozco tan bien que te creo. Pero debes saber que lo que me cuentas me ha parecido, al principio, increíble. Lo he comentado con mi padre, le he enseñado tu carta.

Nunca le he visto tan perplejo. Te confieso que también él ha dudado de ti, que me ha dicho que lo que contabas era fruto de tu imaginación, que el chico debía saber ya piano, que no era posible que así, a la primera, hubiera hecho eso. Decía que una de dos: o sabía ya tocar el piano, o conocía el andantino de Mozart, o las dos cosas a la vez. He tenido que ponerme por testigo de que no mientes nunca, y de que ahora menos aún. Y le he dicho que lo que cuentas es la demostración de lo que él mismo me ha repetido muchas veces: la verdadera música, la de los genios, no es una creación, sino un descubrimiento, como la ley de la gravedad, como un teorema... No sé si me ha creído, pero la expresión de su cara ha cambiado. Como si se derrumbara.

Mi padre es muy sensible, nervioso, ya lo sabes. Es su defecto para la música, y también para la vida cotidiana. Le quiero aun más por eso, admiro su control, porque sé que tiene siempre la sensibilidad a flor de piel, y que tiene que hacer un gran esfuerzo para equilibrarse. De joven fue epiléptico, pero lo superó. Él siempre dice que fue la música la que le salvó, que su salvador fue... Mozart.

Creo que por eso le afecta todo esto. Antes no lo entendía, pero ahora sí.

Cuando se ha repuesto me ha llevado a la sala. Ya sabes, la sala de música, porque otra cosa no es. Nos hemos sentado y ha hablado.

Qué cambio, Irene. No es que me hubiera mentido antes de ayer, es como si se hubiera roto un dique, o una presa. Me ha pedido perdón, y te lo ha pedido también a ti, por no creerte hoy, y por haberme dicho, y a ti indirectamente, lo que me dijo antes de ayer.

Según él, el misterio de Mozart es insondable. Ha vuelto a leer todo lo que tiene sobre Mozart en estos dos días, ha hablado por teléfono con un amigo de Kiev que estudió Mo-

zart a fondo, que intentó incluso usar la música de Mozart para tratar de curar a otros niños epilépticos y con otros trastornos, basándose en la experiencia de mi padre. Los dos creen que Mozart es único, que su música cura. Pero… ¡Es mucho lo que he oído, y me cuesta resumirlo!

La música de Mozart es un enigma. Sobre todo, su origen, porque Mozart no pensaba: componía. Y compuso tanto, en tan pocos años, que se puede decir que componer era para él una manía, una compulsión, creo que se dice. Otros grandes compositores tenían que trabajar en la composición elemento por elemento, armonizando cada instrumento por separado, pero Mozart sentía que la música surgía completa de su mente, no sabía de dónde, con el papel de cada instrumento perfectamente asignado. Confesó, en una carta a un compositor aficionado, que no tenía que hacer ningún esfuerzo, que simplemente tenía que poner los oídos hacia dentro, no dentro de sí mismo, sino dentro del mundo.

Más aún: su música, que no era fruto de ningún cálculo matemático consciente, era, sin embargo, matemáticamente perfecta. Como no se ha compuesto otra nunca, salvo cuando se ha querido hacer con una calculadora en la mano. Hay cientos de estudios sobre eso, especulaciones: que si es el ritmo del mundo, de la respiración, del ser humano, de la naturaleza… Pero ninguno llega a ninguna conclusión definitiva: sigue siendo un misterio y, según mi padre, Mozart sería el que menos pudiera dar una explicación, aunque aún viviera.

Dice que Mozart, de niño, llenaba también las mesas y las paredes de cifras escritas con tiza, obsesivamente, y que quién sabe qué teoremas descifraban aquellas cifras perdidas para siempre, o si serían simples cifras sin sentido…

Y todo eso, según mi padre, fue en detrimento de su mente normal. Parece que sí, que lo que ha anotado tu padre es la verdad; fue tan genial en la música como desastroso en su vida diaria. No es solo que tuviera la manía de estar golpeando cosas todo el rato, o tocando a la gente, siempre de broma, pasando de la exaltación y la risa al malhumor, sin tránsito. Es que era, me duele repetirlo tanto como le ha dolido decirlo a mi padre, casi un idiota, que confesaba sufrir accesos de ira, temblores, frenesí, cuando los demás le despreciaban en la vida diaria. Una vez escribió una carta a su padre en la que se vanagloriaba de que había recibido al sirviente de una fonda, que el chico le había preguntado toda serie de cosas, y que él había respondido con toda seriedad. Tenía casi veinticinco años, ¿te imaginas? Había compuesto verdaderos prodigios, y escribía a «papá» para contarle sus éxitos con... el sirviente.

En otra ocasión ideó un sistema para poder vivir, intentando contentar a su padre: diez aficionados a la música le darían cada uno cinco florines al mes, lo que haría un total de seiscientos al año, más otros doscientos que le daría un conde de no sé qué, sumaría ochocientos. Y acababa diciendo: ¿No le parece a mi papá una gran idea?, o algo así. Una infantilidad que desesperaba a su padre, y que llevaba de pronto a Wolfgang a pedirle que le ayudara a mantener a una chica que cantaba muy bien y a toda su familia, cuando los Mozart no tenían a veces para comer...

Pero es mucho más, es una especie de asimetría en su cabeza: genial en la música; bufón, insufrible y casi retrasado en el resto...

Al decirlo, mi padre parecía muy afectado. Ha repetido dos veces: ¿Por qué no le curaba a él mismo? Se refería a su música, quería decir que si a él le curó la música de Mozart, al propio Mozart debía de haberle bastado.

Todo lo que me dices de Tomi recuerda a Mozart, es verdad. No sé qué pensar, Irene. Mi padre dice que si es cierto lo que ha hecho, desarrollar el andantino *por el mismo camino que lo desarrolló Mozart, tiene algo genial en la mente. Mándame la cinta, o, si no, la escucharemos juntos cuando vengas...*

Irene cerró el correo. Se sentía exaltada por lo que le contaba Yárchik, pero también consolada por su actitud. Por fin, alguien la entendía. Salvo aquellos meses en los que había seguido a Tesa como un perrillo, nunca había dejado de sentirse sola.

Se asomó a su cuarto, pero la soledad le pareció, de pronto, heladora. Bajó a la cocina. Allí estaba su madre, preparando la comida. Le anunció su plato favorito: un arroz con cuatro quesos fundidos que a Irene le devolvía siempre el apetito.

Se acercó a ella y la abrazó. Abrazaba al mundo.

–¿Qué te pasa?

Irene hubiera querido contarle todo lo que estaba dando vueltas en su mente, pero, otra vez la indecisión, se limitó a decirle que le dolía la cabeza. Siempre que lo intentaba, siempre que se acercaba a su madre decidida a compartir algo con ella, retrocedía. Había un muro que se lo impedía, pero no hubiera podido decir quién de las dos levantaba aquel muro.

Ángela miró hacia ella con una sonrisa en sus labios y la duda en los ojos.

–Irene, sé lo que te pasa, te entiendo.

Irene no respondió.

Tamborileaba con los dedos en la mesa de la cocina, mientras se preguntaba qué creería su madre que le pasaba. Mentalmente reproducía una vieja canción de Los

Planetas, un recuerdo potente de la época en la que seguía fielmente a Tesa:

«Piensas que me entiendes, y

no sabes nada sobre mí,

piensas que me entiendes, pero no sabes nada sobre mí. Me sigues y me estudias y me espías intentando convencerme, y escuchas a través de las paredes cosas que jamás quisieras escuchar. Piensas que me entiendes, y no sabes nada sobre mí, piensas que me entiendes, pero no sabes nada sobre mí...»

Es curioso, pero podía aplicar la letra de la canción tanto a mi madre como a la propia Tesa... Y pensar que hace un año, poco más, era Tesa quien me llevaba de la mano al enfrentamiento con el mundo de mis padres... Ahora ella es también ese mundo. Me gustaría llamarla y decírselo, como acaricio la idea de que sea Yárchik quien haga el trabajo por mí, quien le demuestre que hay solo dos caminos, y que uno conduce a la animalidad y otro a la belleza, y que ella va por el primero.

No hace falta ser un virtuoso del violín, ni de nada, para optar por la belleza, por la verdad. La verdad es algo que está ahí, en sí misma, como las matemáticas. Tesa me desprecia porque disfruto con las matemáticas, pero Tomi me ha enseñado algo que difícilmente podía imaginar. Me lo demostró aquel día, en el chalé de indianos de Cansares, tocando el piano como lo hubiera hecho Mozart: descubriendo la música, no inventándola.

Aquel día llamé a Tesa porque no podía más. Me había intentado acercar a mi madre con el corazón en la mano, pero descubrí, impotente, que no teníamos nada de qué hablar. Yo hubiera querido poder desnudar mi corazón ante ella, confesarle la verdad, confesarle la mezcla de alegría, preocupación y excitación que sentía, decirle que había cambiado la cinta por una falsa, y pedirle que me ayudara a que mi padre fuera dulce con Tomi, que hiciera todo lo que pudiera por él y por su asombroso don, pero que no le manipulara, que no le convirtiera en un espectáculo científico, ni de ningún otro tipo.

Pero mi madre hablaba un lenguaje distinto. O eso quería yo creer. Estaba delante de ella sin poder hablar, paralizada. Recordaba las dulces palabras de la madre de Tomi: «Me quiere como nadie me ha querido nunca», y deseaba que mi madre pudiera decir lo mismo de mí. Pero fui incapaz de hablar, me sabía incapaz de lograr algo así. Y recurrí a mi antiguo refugio: hablé con Tesa.

No me fue difícil dar con ella, siempre colgada de su móvil. La encontré en una terraza de un pueblo costero andaluz, con un grupo de amigos músicos. Qué lejanas me sonaban sus risotadas y sus bromas de fondo, mientras Tesa me contaba lo bien que lo estaba pasando... Fue nuestra última conversación del verano, y aún me arrepiento de haberla emprendido.

Qué idiota me sentí de pronto, contándole lo que ya sabía que no le quería contar, sin poder detenerme, empujada por su amenazador «Doña No pero Sí», confesando que me estaba enamorando de un chico con una rara enfermedad, de un chico que parecía retrasado pero acariciaba a su madre como yo nunca había sabido hacerlo, de un chico extraño en sus gestos, pero capaz de tocar el piano por primera vez en su vida como si hubiera acabado la carrera, como si lo hubiera inventado él...

Tesa me dejó seguir con crueldad, y sospecho que a veces ponía el móvil en la oreja de algún amigo guapo, porque escuchaba risas sofocadas y chistidos, pero yo no hubiera podido parar aunque me estuviera despeñando por un acantilado...

Cuando me callé, porque no tenía más que decir, perpleja aún por mi propia incapacidad para frenarme, Tesa me preguntó si estaba bien, como quien pregunta a un loco, y yo le dije que no había estado ni peor ni mejor en toda mi vida, ambas cosas a la vez: que estaba angustiada por el futuro, pero feliz por el presente. «Soy feliz, no quiero irme de aquí, pero no sé qué hacer, tengo miedo a lo que puede pasar, y por eso te llamo», le dije.

Y Tesa respondió con sorna, usando su voz arenosa y repleta de noche para decirme cosas sucias: que si el chico «idiota» era capaz de hacer aquello debía ir a un concurso de la tele, que ella no lo dudaría, que le vistiera bien para ir a la tele, que llamara a no sé qué revista que estaría encantada... Y que ni se me ocurriera enamorarme de un chico así, que el mundo estaba lleno de «bellezones». No me costaba imaginarla en su terraza soleada mirando a su alrededor, deslizando sus ojos de largas pestañas sobre el grupo de chicos babeantes, alardeando de poder elegir entre ellos, ella, la chica que lo sabía todo sobre la música, sobre el lado oscuro y salvaje de la vida...

Nunca me sentí tan diferente de Tesa, tan amargamente diferente. Fue una liberación. En un segundo supe que la abandonaría, que no volvería a recurrir a ella, a confiar en ella. Y en un segundo hice también mi separación de bienes: Tesa lejos, pero algunos de sus discos y de sus libros, nunca. Se me amontonaban las canciones que ella me había enseñado, los caminos del alma hacia los que había enfocado su linterna cuando aún creía en ella.

Me estaba liberando, pero la pena ahogaba mi voz. Pena por mí, pena por ella. Y pena por nuestros sueños de adolescentes ingenuas, nuestros viajes por las autopistas americanas, Haydn en los centros comerciales del medio oeste y sesiones europeas de pinchadiscos entre hamburguesas, perritos calientes y enchiladas.

Adiós Tesa, adiós... Me aferré a la imagen de Tomi y a sus abedules, fuegos artificiales nacidos de la tierra, a su madre y su cariño regado cada día, a sus campanas, al misterio de sus trapos blancos, a la simplicidad de su vida y su risa. Antes de colgar decidí que tenía que arrancar, que tenía que ir a

Las Esquilas

cuanto antes. Colgó el teléfono y salió de la sala casi corriendo, para subir las escaleras y echarse la mochila a la espalda, aprovechando la fuerza de la repentina decisión. Ni siquiera llevaba el violín, porque por primera vez pensaba en Tomi sin asociarlo con su música.

Iba a abandonar la casa como si escapara de ella, pero se detuvo en el pasillo. Escuchaba el teclado, monótono, y la respiración de su padre.

–Papá.

Asomada a la puerta, con la mano en el dintel. Y su padre con los dedos detenidos en el aire, mirando hacia ella con una mezcla de sorpresa y cansancio, iluminada en azul por la pantalla del ordenador.

–¿Te vas?

–Sí, voy a ver a Tomi.

–A Tomi, bien.

Los ojos de Horacio parecieron recobrar la vida.

–¿Dirías que el chico tiene alguna habilidad para el piano?

Irene tuvo que hacer un esfuerzo para contestar.

–Era la primera vez que tocaba un piano, no lo sé.

Al hablar, valoraba aún más la magnitud de lo que había hecho Tomi, y al mismo tiempo se daba cuenta de la magnitud del engaño a su padre. Hubiera querido sentarse y confesar ante él, pero sabía que no lo haría. Al menos, todavía no.

Horacio interrumpió sus dudas.

–Puedes volver a llevarle al chalé.

–Si él quiere... No pareció muy interesado.

Le sorprendió su propia mentira. Cerró los ojos un instante y le preguntó, con un punto de crueldad:

–¿Qué esperabas?

Horacio se encogió de hombros, algo que decía odiar de los jóvenes.

–Los Williams son aún un gran misterio. Pretendía demostrar que Mozart pudo ser uno de ellos, algo que clínicamente es imposible de demostrar, desgraciadamente. Sin embargo, tengo muchos datos que lo indican.

Se detuvo en seco y miró un instante hacia su hija.

–Pero eso ya lo sabes.

Irene no reaccionó. Se limitó a seguir mirando de frente a su padre, sin desviar la vista hacia el ordenador. Pensó, despacio, sin alarma, que había dejado alguna huella al mirar los archivos de Mozart.

–Quiero encontrar a alguno de estos chicos que demuestre al menos lo contrario –siguió él–, que por retrasados que puedan parecer para la vida normal, poseen una mente musical más que práctica. Mozart fue un genio, pero... yo creo que fue un genio entre ellos, entre los Williams.

Irene contenía la respiración. Hizo un esfuerzo para despegar los labios.

–¿Y si Tomás Cándido hubiera sido así?

Su padre sonrió y se llevó una mano a la sien, como si le doliera la cabeza.

–Yo habría podido decir que no era un retrasado, que Tomás Cándido es la prueba viva de que Mozart fue como él, de que Mozart pudo padecer, seguramente lo padeció, el síndrome de Williams. Y como él, los miles de chicos afectados en todo el mundo, la mayoría sin diagnosticar siquiera, abandonados por casi todos, sin más refugio ni ayuda que la de sus familias. No todos los Williams son como Mozart, ya lo has podido comprobar.

Irene bajó la cabeza un instante, pero la volvió a levantar con orgullo. Horacio seguía hablando, sin observar los gestos de su hija:

–Pero todos tienen el cerebro volcado hacia el lado musical, como sin duda lo tuvo Mozart. Unos más, y otros menos, desde luego. Yo buscaba, busco, al que más. Si Tomás lo hubiera sido...

Irene cerró los ojos, antes de preguntar:

–¿Y él?

Su padre repitió la pregunta en voz alta, como si no supiera lo que significaba:

–¿Y él?

Irene no insistió. Aquella misma extrañeza le decía que no, que su padre no había pensado siquiera en las consecuencias. Recordaba claramente la primera vez que había hablado acerca de Tomi, cuando había dicho que habían venido a Cansares a «estudiarlo en su medio».

–¿Y qué vas a hacer ahora? –preguntó. Podía referirse tanto a su idea del síndrome de Mozart, como a lo que pensaba hacer con Tomi.

–Ahora... Nada. O casi nada. Puedes intentarlo tú otra vez, si quieres. Tal vez esperaba demasiado de un primer encuentro de Tomás con el piano. Y quisiera saber también si podría leer música. ¿Puedes intentarlo también? Lo básico, ya sabes...

Irene asintió.

–Lo haré.

Se levantó y abrazó a su padre. Mientras apretaba su cabeza contra el pecho sentía ternura, pero también desconfianza. Hubiera querido gritar, preguntar en voz alta qué sería de Tomi si se supiera que...

—Dame un beso —la voz de Horacio sonaba, por primera vez en mucho, mucho tiempo, insegura, suplicante.

Se lo dio. La mejilla de Horacio olía a loción, pero había algo más, indefinible. Un olor nuevo que Irene no había advertido nunca.

Se despegó de él y salió de la casa sin detenerse, lanzando un «hasta luego» a su madre.

Fuera, respiró, tratando de olvidar y de recuperar la alegría, pensando que iba a ver a Tomi.

Podía hacer el camino a ciegas. Recordaba la primera vez, cuando el viejo de la guadaña parecía significar algo siniestro, un mal augurio. Dejó su casa maltrecha a la derecha, se internó en el bosque negro, el que tanto desagradaba a Tomi, y salió a la luz y la paz del valle de Las Esquilas.

Nada más llegar a la altura del molino escuchó la armónica. No veía de dónde venía su sonido, y supuso que era un juego de Tomi. Decidió seguirlo, feliz de pronto, recuperando la infancia.

No era muy difícil saber de dónde venía el sonido: estaba a su izquierda, entre la vegetación, y pronto llegó a su altura.

La música cesó. Irene escuchó el roce de las hojas, adelantándola, y las notas de la armónica resurgieron unos metros más allá, hacia la casa.

Irene se detuvo y fingió que creía que estaba más lejos, llevándose las manos a la boca, en forma de altavoz, para gritar el nombre de Tomi.

No tuvo que esperar mucho.

—¡Pero si estoy aquí!

Hubiera corrido hacia él, para premiar su ingenuidad dándole un abrazo. Pero se quedó quieta, mirándole: Tomi se había puesto un jersey de lana roja y un pantalón vaquero. Era evidente que le había pedido a su madre una ropa especial, como para acudir a una cita.

Había salido de detrás del tronco de un castaño, sosteniendo la armónica en una mano. Parecía, una vez más, uno de los muchachos del bosque de *La flauta mágica*.

Irene se rió en voz alta, hasta que consiguió que Tomi también lo hiciera. Avanzó hacia ella, mirando a uno y otro lado, guardando la armónica en el bolsillo. Volvía a parecer ajeno, como si aquel fuera un encuentro casual. Pero cuando llegó, le dijo:

–Te esperaba antes.

–Ya lo sé. Tenía que hacer cosas.

–Cosas, sí.

Se habían quedado el uno frente al otro, sin dar el último paso.

–¿Vamos a algún sitio?

–A algún sitio, sí.

–¿Adónde?

–Ven.

Y tomó la mano de Irene con suavidad. Mientras caminaban, internándose en la ladera, ascendiendo por el monte, los dedos de Tomi recorrían los de Irene.

Tomi estaba de tan buen humor, se reía tanto de todo y hacía reír tanto a Irene, que parecía distinto. Irene se alegraba de haber olvidado el violín. Cuando la música irrumpía, Tomi parecía iluminarse, encontrar el hilo de la vida, pero también se tornaba melancólico. Ahora ya sabía que había, en realidad, tres Tomi: el de la música, transportado y genial, el ausente y errático de los momentos muertos, y, ahora, el risueño, bromista y feliz.

Pronto alcanzaron un estrecho sendero con el suelo cubierto de hojas secas. Poco a poco, la claridad fue penetrando por entre las ramas de los árboles, hasta que se abrieron por completo. Unos metros más adelante, el sendero desembocaba en la cumbre de la colina, peñas pulidas por el tiempo y la lluvia, de un gris pálido, moteadas por los líquenes. Y en lo más alto, una extraña construcción industrial. Cuatro paredes bajas, de piedra, dos columnas de hormigón, un larguero que las unía, y una gran roldana de hierro oxidado.

–¿Qué es? –preguntó Irene.
–Para las vagonetas que iban al pantano.
–¿Hay un pantano?
–Un pantano, sí.
–¿Dónde?
–En Cansares.
–¿En Cansares?
–Sí, pero no lo acabaron.

Irene volvió a reír. Le gustaba reírse, y sobre todo comprobar que Tomi no se lo tomaba como una burla:

–¡Entonces no hay pantano!
–No hay pantano, sí.

Mientras se acercaban a la construcción, Irene vio que del larguero colgaban decenas de viejas esquilas de ganado de todos los tamaños. Pendían de collares de cuero o de cuerda, algunos con sus colores apagados por el viento y la lluvia. Y comenzó a percibir su sonido. Estaban colgadas tan juntas que, al ser movidas por el viento, las esquilas se arrancaban tañidos dulces unas a otras.

Pero Tomi hablaba del pantano. Al parecer, la obra para anegar todo el valle de Cansares había comenzado a finales de los años cincuenta, pero al final se había detenido. No por presiones de los vecinos, sino porque habían descubierto un fallo del terreno. Tal como lo contaba Tomi, parecía que él tuviera los datos geológicos y matemáticos en la cabeza. Irene dudaba de que fuera así, y también de la exactitud de sus cálculos sobre tracas y fuegos artificiales. Pero le había dado ya demasiadas sorpresas para que rechazara la idea del todo.

–Qué bonitas, y cómo suenan –dijo Irene, señalando las esquilas.

–Las esquilas, sí –contestó Tomi–. Son de las vacas muertas.

Irene las miró de otra manera, sorprendida. También empezaba a acostumbrarse a las curiosidades de Tomi: su colección de abedules, los mismos abedules formando castillos silenciosos en la hierba, los misteriosos trapos blancos sobre los que no se decidía a preguntar y, ahora, aquella forma de cementerio de vacas, como si el sonido de sus esquilas recordara cada vez la incierta alma de cada una...

Se sentaron en el muro y contemplaron el valle. Se veía Cansares a lo lejos, con su iglesia y una nave industrial como edificios más grandes.

–Mira –dijo Tomi–. El chalé.

Era verdad. Se veía el jardín, una mancha casi negra en medio de los edificios blancos, y la torre del chalé, diferente al resto de las casas, rematada con una cúpula de cerámica que reverberaba al sol.

Costaba pensar en el valle bajo el agua, un pantano imaginario que entristeció a Irene, sin que lo pudiera evitar. Recordaba a Yárchik, y sus extrañas profecías sobre la lucha del hombre y el paisaje, su visión de la naturaleza como alguien que se dejaba abrazar y matar por el hombre, amándolo, sin defenderse.

El pantano inundaba de tristeza a Irene. Y los espíritus de las vacas muertas, representados en las esquilas colgadas en la cima de la colina, *din, din, dan,* don...

Irene traducía, sin poder evitarlo: si, si, fa, do... Y la congoja crecía.

Tomi había separado su mano de la de ella, y sacudía la cabeza, chasqueando ligeramente con los labios, o con la lengua y los dientes. La risa se había alejado hacía un buen rato, y los dos dejaban vagar la mirada por el valle.

De pronto Tomi se volvió hacia ella y acarició su pelo. Irene bajó la cabeza y sonrió, no alejándose, sino, al contrario, ofreciéndole todo su cabello, dejándolo bajo la mano cálida de Tomi.

—¿Qué te pasa?

—No lo sé —respondió Irene, sorprendida por la pregunta, y tratando de mirarle a los ojos. Eran diferentes a todos los que había visto antes. Tenían pequeñas estrellas en el iris, dos pequeñas constelaciones que parecían expandirse desde las pupilas. Hubiera besado sus párpados para sentir debajo de sus labios la vibración de sus estrellas. Tuvo que hacer un esfuerzo para contestar a la pregunta, tan simple, tan parecida a la pregunta de cualquiera, pero, en Tomi, tan sorprendente: ¿qué te pasa?

—Lo que has dicho del pantano, y las esquilas, las vacas muertas...

Tomi acarició su mejilla, consolándola, e Irene supo lo que sentía su madre, el cariño que nadie le había dado nunca como Tomi sabía darlo. De seguir sus impulsos, se habría refugiado en el pecho del muchacho, pero apretó las manos contra el muro de piedra.

—No —dijo Tomi.

Y dijo algo que sorprendió a Irene tanto que tuvo que cerrar los ojos al oírlo:

—Digo conmigo. ¿Qué te pasa? ¿Es por el piano?

—¿Por el piano?

No entendía cómo podía saberlo, ni siquiera qué sabía. Pero la pregunta parecía la de alguien que viera más allá de la frente de quien tenía delante, como si supiera de la lucha que se libraba en su interior.

Y tampoco sabía qué contestar. Hasta ese momento, había creído que Tomi era tan inocente que debía decidir por él. Pero sus preguntas le revelaban a un Tomi distinto, observador, y hasta calculador, aun en la ternura de sus gestos.

–¿Qué sentiste al tocar el piano? –le interrogó ella.

Se daba cuenta de que antes tampoco le hubiera hecho esa pregunta. Se sentía mal consigo misma por haber pensado que Tomi era incapaz de reflexionar sobre sus propias sensaciones.

–Al tocarlo, sí.

Hubo un momento de desconexión. Tomi parecía haberse olvidado de lo que hablaban. Miraba hacia las esquilas que se rozaban unas con otras, en una apagada melodía.

–Me gustó mucho, sí.

No era todo lo que sentía, Irene estaba segura. Como ella, dudaba al responder, se arrepentía, no llegaba hasta el final.

–¿Te gustaría volver a tocarlo? ¿Tener un piano?

Tomi miró por encima de sus ojos. Le costaba mantener la mirada fija en ninguna parte. Sonrió, tal vez imaginando lo que sería tener un piano. Y sacó la armónica del bolsillo.

–Tengo la armónica. Es una Hohner, ¿sabes? Una Hohner, sí.

–Y el violín.

–El violín es de mi abuelo.

–Pero tu abuelo murió...

Tomi miró hacia las esquilas colgadas, como si la idea de que su abuelo hubiera muerto antes de nacer él le hubiera hecho pensar en todas las vacas muertas.

–Murió, sí. Pero el violín es suyo.

—Pero tú lo puedes tocar.
—Claro —dijo, y acabó de desconcertar a Irene—: Es mío.
Una ráfaga de viento hizo que las esquilas sonaran en un *crescendo*.
—¿Y te basta con la armónica y el violín? —preguntó Irene, pasando por alto la contradicción sobre el violín, tan chocante.
—Es bastante, sí —contestó Tomi, sin dudar—. Hago música.
Irene recordó la promesa que le había hecho a su padre. Ya le había fallado bastante:
—¿Y no te gustaría poder leer música? No es distinto a leer palabras, y podrías repetir lo que más te gustara, siempre que quisieras.
—Ya lo puedo hacer, sí.
Era verdad. Irene hubiera querido explicarle las posibilidades que se abrirían para él si pudiera leer música, pero se sentía desarmada ante aquella afirmación tan rotunda, y tan cargada de sinceridad: no había necesitado nunca una partitura para repetir la música que le gustaba.
Y Tomi volvió a sorprenderla:
—Leer, no, pero me gustaría escribir música. Para que te la llevaras. ¡Tú no recuerdas la música como yo!
Irene se rió. Su risa quedó apagada por el sonido de las esquilas.
—Gracias —logró decir.
—Tú me puedes enseñar, poco a poco —dijo Tomi.
A Irene se le vino el mundo encima. Se daba cuenta de que nunca habían hablado de su estancia en Cansares. Tomi no sabía que le quedaban muy pocos días allí. Sin transición, notó que los ojos se le llenaban de lágrimas.
Tomi miraba sus ojos de cerca durante un segundo, y luego hacia las nubes, sin detenerse ni en los unos ni en las otras.

–Lágrimas, sí –dijo. Y pasó su dedo rugoso, con torpeza, por el pómulo de Irene, tratando de recoger con él una lágrima.

Irene hizo un esfuerzo, acabó de enjugar los restos del llanto y sonrió, mientras apretaba en las suyas la mano de Tomi.

No hablaron más de lágrimas, ni del piano, ni de leer o escribir música. Tomi guardó un largo silencio, y después recitó los nombres de las vacas muertas, cuyas esquilas estaban colgadas en la extraña torre, como si hubieran estado hablando de ellas todo el tiempo.

Era una lista llena de recuerdos, de mañanas de ordeño, de partos, de cuadras cálidas y de enfermedades. Estaban muertas, pero vivían en su memoria. Y por cómo hablaba de ellas, Irene intuía que Tomi no tenía una memoria que distinguiera muy bien los acontecimientos lejanos de los más cercanos... «Es de mi abuelo», había dicho del violín, ignorando aparentemente que su abuelo había muerto antes de que él naciera.

Se hacía tarde, e Irene tenía que ir a comer a Cansares.

De la mano, fueron descendiendo hacia el valle por un camino distinto. Tomi pareció olvidarse de todo lo que habían hablado, y volvió a ser el Tomi risueño y jocoso que tanto gustaba a Irene. Caminando, riendo, sintiendo su mano en la suya, olvidaba todas sus preocupaciones.

Cuando llegaron al valle, Tomi sacó la armónica del bolsillo, y llevándosela a la boca, repitió la primera nota del *andante* de *Elvira Madigan*. Irene siguió con la voz, tratando de no fallar en ninguna nota. Tomi sostenía la armónica en una mano, contra la boca, mientras con la otra sujetaba la mano de Irene.

–Sí, esta tarde –dijo Irene, riendo.

De pronto, se escuchó una campana con claridad.

—Mi madre, sí.
—Venga, vete.
Tomi se adelantó un poco, guardó la armónica en el bolsillo, y dijo:
—Tu pelo.
Y le dio un beso en él, un poco por encima de la frente.
Irene se quedó inmóvil, sintiendo el calor de sus labios, mientras Tomi echaba a andar a grandes y torpes zancadas hacia su casa.
Esperó. Sabía que llegaría. Y llegó: la nota, siempre aquella nota, el principio y el fin. No tenía su violín para responder, y la voz no era bastante.
Mientras emprendía el regreso, se daba cuenta de que no había sido capaz de decirle que pronto se iría de Cansares. Pensarlo hacía que le doliera el pecho, porque sabía que

se acercaba el final,

sin que yo pudiera evitarlo. Había estado con Tomi en una de las colinas que rodean su valle, sentados en una especie de torre en la que coleccionaba los collares y las esquilas de las vacas, las que se necesitan para encontrarlas en los días de niebla. Tomi distinguía cada «voz», el sonido de cada esquila, con perfección. Y no solo de las vivas, sino también de las muertas. En su mente parecían estar todas juntas, las vivas y las muertas, y cuando hablaba de ellas yo sentía que Cansares no tenía tampoco pasado ni presente: era, más allá del tiempo, al margen del tiempo. Me han educado para pensar que somos esclavos del tiempo, y ahora sé que Tomi tiene la verdad en su mente extraña: todo es, mientras nosotros vivimos. Lo que fuimos, lo que somos, lo que seremos.
En ese tiempo que era y no era, Cansares estaba ahogado debajo de un pantano del que también Tomi me habló. La

obra había comenzado muchos años atrás, y la extraña torreta en la que estábamos sentados era parte de esa obra. Pero el valle se había salvado de las aguas negras del pantano porque los ingenieros habían descubierto un fallo en el terreno, del que Tomi aparentaba saberlo todo.

Cuando llegué a casa le dije a mi padre la verdad, por primera vez en muchos días: que había estado con Tomi, pero que no habíamos hablado apenas de música, porque yo no había llevado el violín, y que sí, que le gustaría aprender solfeo, no para leer música, sino para poder escribirla para mí. Era tan solo una migaja, pero aquello pareció reanimar algo a papá.

Yo, sin embargo, quería subir cuanto antes al ordenador, para ver si Yárchik me había vuelto a escribir. Y así era.

Nunca he leído ni he escuchado a Yárchik tan conmovido, nunca. Parecía que la existencia de Tomi hubiera roto una compuerta secreta que hasta entonces le había separado de su padre. Hablaba de Mozart como alguien cercano, tangible, que estuviera durmiendo en el cuarto de invitados. Yo pensé que Mozart curaba no solo a los tristes, y a los enfermos del alma, sino también a los solitarios, que unía corazones. Y casi grité: «¿Y el mío?»

Pensé en mi padre, sintiendo un agujero en el pecho, y en mi madre. Y también en Tomi y su madre, unidos por un amor tan sencillo: «Me quiere como nadie me ha querido». Hubiera corrido a llamar al cuarto de invitados de la casa de Yárchik, y le habría pedido al pequeño genio que nos curara también a nosotros, a papá, a mamá, a mí; sobre todo a mí.

Pero al seguir leyendo me di cuenta de que no tenía que ir tan lejos. Yárchik hablaba de Tomi, de pronto, con fascinación y respeto.

Tu Tomi –decía– nació con el don de la música, es alguien fuera de lo común. No sé si de verdad otros chicos con esa en-

fermedad son como él, y no lo creo. Mozart fue un genio, pero tal vez su genialidad no sea sino el anuncio de dónde puede llegar el hombre, hasta qué profundidad puede llegar a sentir la música en el futuro.

¿Qué le importa a nadie si Mozart tuvo un síndrome u otro? Lo único importante es que fue un genio, que nos dio la belleza como Bach, como Mahler, como Haydn, como tantos otros.

¿Y Tomi? Lo que me dices de él no me deja lugar a las dudas sobre su capacidad musical, pero muchas sobre él. Me lo ha dicho mi padre, y yo te lo pregunto: ¿Existe? No me interpretes mal, no es que dude de ti, ni tampoco de que haya un Tomi ahí, en Cansares, en ese valle que me describes tan bien. Pero ¿sabe él que tiene ese don? ¿Es consciente, o su música es algo que él no controla, sin relación con su vida, sus vacas y su madre? Mi padre dice que tal vez haya dos chicos distintos en él, un genio y un idiota. Y que entonces ninguno existe del todo, o siendo brutal: que el Tomi que tú imaginas no existe.

Nunca una pregunta me había dejado tan aturdida.

Salí del cuarto de mi padre y me fui al mío.

Me tumbé en la cama. Pensaba en Tomi y me daba cuenta de que desde que le había conocido yo me había estado haciendo la misma pregunta, sin querer formularla con tal brutalidad. Yárchik, el marciano, usa las palabras con espantosa contundencia.

Somos lo que somos, indivisibles y únicos, ajenos al tiempo. Sin embargo, yo deseaba que Tomi y Yárchik fueran uno solo. Que Tomi tuviera la inteligencia y la valentía de Yárchik, que Yárchik tuviera el genio salvaje de Tomi. Y también me di cuenta de que eso no era posible. Durante mucho tiempo había soñado con el amor de Yárchik, una nube rosa en la que creceríamos juntos, haciéndonos felices el uno al otro, aprendiendo a domar la música bajo nuestros dedos, a mostrar la belleza a los demás, los dos juntos.

En aquel momento pensaba que Tomi era imposible para mí, porque su vida lo era, porque su mente no era simétrica y en ella convivía el genio con el niño eterno, pero le amaba. Ansiaba apretarle contra mi pecho, olvidarme de todas las reglas y las convenciones, renunciar a la normalidad para poder darle mis caricias, para ofrecer mi cabello a la curiosidad de sus dedos, para convertir mi cuerpo en el suyo, y burlarnos el uno contra el otro de los verdaderos tontos, los que creen que la vida es la regla, la norma... Incluso de Yárchik, de su padre. Mi sonata de amor quería ser escrita fuera del papel pautado, con notas inventadas, nuevas y gloriosas, con campanas y esquilas, con un violín viejo y una armónica abrillantada por sus manos de campesino.

Y entonces me di cuenta del error de mi padre. Salté de la cama hasta la ventana. Necesitaba el paisaje, la lejanía para fijar mi pensamiento, tanta era la violencia de mi corazón contra mi pecho: mi padre quería demostrar que Mozart había padecido el síndrome de Williams, y necesitaba a Tomi para hacerlo, a pesar de que reconocía que tal demostración era imposible. Su sacrificio, el de Tomi, hubiera sido inútil, pero en el paisaje agonizante de Cansares había otra respuesta.

Mi corazón imitó a la música: se elevó entonces por el aire y voló hasta la colina del pequeño valle de Las Esquilas, a la torre del pantano olvidado. Rozó las esquilas de las vacas muertas y descendió hasta el mismo valle: allí estaban los abedules plantados por Tomi, y de todos ellos pendían los misteriosos pañuelos blancos. Al pensar en ellos, quién sabe por qué asociación de ideas, acabé de entender lo que me había levantado de la cama: que no era a Mozart a quien había que atribuir las características de los Williams, sino a los Williams las de Mozart.

Los pañuelos eran para mí todos los Tomi, todos los chicos, todos los niños del mundo con aquella extraña enfermedad que los hacía como los elfos y los duendes de los cuentos: pequeños, extrovertidos, angustiados por su torpeza e inquietos por su deseo de acariciar, de querer y ser queridos, pero también geniales: si los demás tenían algo remotamente parecido a la mente musical de Tomi, todos ellos compartían con Mozart una visión distinta del mundo: la de la música.

Me di la vuelta y busqué mi violín. Necesitaba sentir el alma de sus cuerdas, esa indefinible sensación de contacto con la mente de los demás. Yárchik, Tomi... Unos minutos antes casi lloraba porque eran distintos, y los quería a los dos en uno, pero al arrancar las primeras notas de mi violín supe que la música habla de un mundo sin yo, un mundo en el que la música es un lenguaje común, de un yo que nos engloba a todos, una verdad que todos intuimos mientras bailamos o damos palmas en un concierto de rock, o mientras dejamos de sentirnos a nosotros mismos cuando escuchamos un concierto.

Mi padre no podría demostrar que Mozart padecía el síndrome de Williams, y aunque hubiera podido eso no serviría de nada; pero la cinta que yo tenía podía demostrar algo mucho más bello: que los Williams padecían, en realidad, algo magnífico y terrible, algo que hablaba del futuro y del pasado, del siempre:

el síndrome de Mozart.

Irene se alejó de la ventana y se acercó a su violín, repitiendo las palabras. Estaba allí, sobre la cama, quieto y silencioso. Lo vio como una puerta, como nunca lo había visto. No era ya un instrumento, sino un paso.

Irene tocó el violín con furia hasta que sintió humedad bajo los dedos de su mano izquierda.
Detuvo el arco en el aire, levantó los dedos y miró sus yemas: sangraban. Ver la sangre no le causó sorpresa. La contemplaba. Nada más. Parecía mirar heridas ajenas, rígida. Respiraba con agitación, pero solo su pecho se movía en la habitación.
La sangre era de un rojo violento en las yemas de sus dedos, pero sobre el mástil negro del violín no tenía color. Gotas oscuras, viscosas.
El sudor caía por la frente de Irene, por su espalda, por su pecho. Dejó el violín sobre la cama y sacó un paquete de pañuelos de papel del cajón de la mesa de noche. Fue secando cada dedo, limpiándolo, ajena al dolor que le causaba el papel en la carne desollada. Miraba el pañuelo arrugado, las estrías rojas de la sangre sobre el blanco, y lo dejaba caer en la papelera.
Cuando acabó, guardó el violín en su estuche y buscó en el cajón de la cómoda, hasta que encontró, debajo de su ropa interior, una cinta magnetofónica. La levantó y la miró por encima de sus ojos. Se acercó con ella al equipo, la introdujo, se puso los auriculares y retrocedió hasta la cama. Se dejó caer con los ojos cerrados y un brazo sudoroso sobre ellos.
Durante algunos minutos la escuchó, inmóvil.
Se levantó, y buscó entre sus discos compactos, hasta que encontró el que buscaba: la *Sonata para piano y violín 360* de Mozart. Lo puso en el equipo y desconectó los cascos. Subió el volumen y volvió a la cama, a tiempo para escuchar el inicio de la sonata. Una melodía sencilla al

piano, apenas un esbozo, casi nada. Pero el esbozo crecía, y cuando el violín entró para subrayarla, la melodía se convirtió en un torrente de música exacta y vaporosa, al mismo tiempo. Irene se levantó de un salto de la cama. Se acercó a su mesa, sacó un cuaderno del cajón, lo abrió, se sentó en el borde de la silla y escribió durante mucho tiempo, sin saber cuánto, de manera torrencial.

Cerró el cuaderno, se levantó, miró por la ventana, guardó la cinta en el bolsillo, se colgó la mochila a su espalda y salió sin mirar atrás.

No vio a nadie, porque no miraba: solo el camino, sus pies avanzando, adelantándose el uno al otro. Y de pronto, sin que para ella hubieran pasado más que unos segundos, se encontró frente a la casa de Tomi.

–Buenos días.

Era la madre de Tomi, asomada a la ventana de la cocina. No parecía contenta, ni tampoco indiferente. Irene se preguntó si sabía a lo que venía.

–¿Está Tomi?

–En las cuadras, le llamo.

Y mientras se alejaba de la ventana:

–Pasa.

Irene se acercó a la puerta. Las campanas. Apenas se movían por la brisa, y sus badajos oscilaban, buscando en vano las paredes de bronce. No pudo evitar levantar una mano para rozar una de ellas. Y le arrancó un sonido leve, una caricia de música, una sola nota perdida en el silencio.

La casa estaba oscura. Entró en la cocina y se sentó.

Oyó pasos y una risa: Tomi.

–Hola, sí.

–Hola, Tomi.

Llevaba su mono azul, la funda del pequeño dios. Como otras veces, bajó la cremallera, ahuecó la espalda, tiró de las mangas y lo dejó caer en su cintura mientras se sentaba en su sitio. El tranquilo sitial de Las Esquilas, desde el que veía al mundo girar, indiferente y curioso, feliz e infeliz.

La madre de Tomi asomó un momento a la puerta.

–Voy a limpiar las cuadras.

Irene sabía ya que era su manera de dejarles solos. Le enternecía aquella mujer melancólica, pequeña y simple, pero dulce, porque sabía que se sentía querida por su hijo. Siempre se apartaba, dejaba que Tomi se acercara al peligro, a la llama de la vela que representaba Irene.

Tomi contemplaba a Irene a ráfagas, con miradas que querían parecer casuales. Llevó su mano a la de Irene.

–Eres mi amiga.

Irene enrojeció, pensando en sus verdaderos y confusos sentimientos.

–Sí, soy tu amiga.

Silencio. El perrillo entró en la cocina y se acercó a las piernas de Irene.

–¿Tienes otros amigos? –preguntó ella.

–Ahora creo que no –contestó Tomi, riendo–; pero he tenido

una amiga, sí,

y me miró de manera extraña, como si no me estuviera viendo a mí. Yo lo había preguntado tratando de buscar al Tomi real, pensando en Yárchik, pero no había pensado lo cerca de Yárchik que me iba a llevar Tomi.

No sé lo que es la amistad. Si me hubiera preguntado él a mí podría haber respondido que sí, que tenía muchos. ¿Pero es eso verdad? ¿Tesa? ¿Mario y María? ¿Mis compañeros de instituto, del conservatorio? ¿Mi profesora? No: solo tenía dos amigos a los que pudiera llamar de verdad así, y lo sabía muy bien: Yárchik y él mismo, Tomi.

Pensaba en todo eso, tras mi pregunta, cuando él comenzó a hablar de su amiga Isabel, un chica sorda que había compartido con él los primeros años de colegio. Por cómo hablaba de ella, con las frases más largas y mejor construidas que le había escuchado nunca, supe de inmediato que aquella amistad había sido importante.

«Yo le explicaba la música del acordeón con gestos», dijo Tomi, repentinamente serio. Le pregunté si Isabel lograba entenderla, y Tomi asintió con la cabeza, con una sonrisa dulce que salía de su memoria. Tuve envidia de aquella chica sorda a quien el pequeño Mozart le había hecho el doble milagro de su música y de su explicación con gestos.

Era curioso que Tomi compartiera con Yárchik aquello, la amistad con alguien sordo. Por eso me acordé una vez más de Yárchik, y sin saber por qué, le hice la pregunta a Tomi que Yárchik le había hecho al profesor aquel día: «¿Por qué se puede decir «no» con la mano pero no se puede decir «sí»?».

No buscaba nada, pero lo encontré todo. Tomi se rió, miró sus manos y respondió con la mayor naturalidad, sin pensarlo un segundo, que el lenguaje de las manos es un lenguaje simple y natural, que sale del alma. Señaló al perrillo y dijo que era como su rabo, que si lo movía era porque estaba contento, y que eso no lo podía fingir, y que el «sí» es natural en el hombre, no tiene que decir «sí», mientras que, por el contrario, tuvo que inventar una seña para decir «no», y que el lenguaje de las manos no era como las palabras, todas inventadas:

«No salen del corazón»...

No sé si la explicación es la que buscaba Yárchik, la que no encontró el profesor de lengua, y supongo que un lingüista se reiría de él, pero yo estuve otra vez cerca de llorar, como una boba. Una explicación tan simple, tan pura y al mismo tiempo tan compleja. Allí estaba el Tomi por el que me preguntaba Yárchik en su carta. Y me respondía a mí, pero también a Yárchik, y por partida doble. Todas mis dudas se disiparon mientras miraba las manos rugosas, simples y sabias de Tomi. Le pregunté entonces si tenía

un magnetófono?

–Un magnetófono, sí.

Era un viejo aparato de radio con casetera, que estaba sobre el aparador, con un paño cubriendo sus teclas. Tomi se levantó para acercarlo, lo puso sobre la mesa, frente a Irene, y se quedó en silencio, tamborileando con sus dedos sobre la mesa. Irene sacó la cinta y la introdujo. Oprimió una tecla y tomó la mano de Tomi de nuevo.

–Escúchate –dijo en voz baja.

Observaba a Tomi. Miraba al aparato, al aire. Sus dedos estaban vivos entre los de Irene.

La música comenzó a sonar, las voces, la risa de Tomi. Tomi, al oírse, emitía pequeños bufidos, y su cabeza giraba, se hundía sobre el pecho, apuntaba al techo, a las ristras de chorizos colgados de la viga, a la ventana. Con la mano libre se tapaba la boca.

–Sí, sí.

El piano sonaba un poco oscilante en el viejo aparato, pero la música era clara. Y luego, el violín de Irene, el apoyo dulce y firme.

–¿Te gusta?

–Me gusta, sí.

Crecía, se hacía más y más bello. Y la mano de Tomi apretaba la de Irene. Y ella sentía humedad en sus ojos.

–Es tu música, Tomi –dijo Irene, cuando el último sonido dejó paso al silencio. Apretó la tecla de parada y esperó.

–Me gusta, sí.
–Tomi, he venido a darte esta cinta.
–Gracias, sí.
–No se la he enseñado a nadie.
–Ah, sí.
–Si la oye mi padre, tu vida cambiará.

Irene supo que Tomi nunca había pensado que la vida pudiera cambiar. La vida era Las Esquilas, las vacas, el violín, la armónica, la soledad, la lejanía de los demás jóvenes, su madre, la cocina y la leña. Pero también supo que si lo pensaba podría responderse a sí mismo lo que significaba un cambio en la vida.

Tomi miraba a su alrededor alarmado, como si hubiera alguien a punto de descargar un martillo sobre la mesa, sobre la cocina.

–¿Lo entiendes, Tomi?

Tomi se quedó en silencio. No soltó la mano de Irene. Y la otra se dirigió a su pelo. Lo acarició, lo probó entre las yemas de sus dedos, como ya lo había hecho más veces.

–Tu pelo, sí.
–Tu vida, Tomi.

Irene se quedó en silencio. Ya había hecho lo mismo, cuando comenzó el *andantino* en el piano del chalé de Cansares y lo interrumpió. Era el turno de Tomi.

Durante un minuto, nadie dijo nada. Tomi acariciaba el pelo de Irene y hacía ruidos con la boca, nerviosos, pero cada vez más espaciados.

–¿Y qué pasaría? –preguntó Tomi de pronto.

Irene respiró con fuerza.

–Que tendrías profesor de piano, y tal vez un piano. Que aprenderías a leer música, y a escribirla, para mí y para los demás. Pero que ya nada sería como es ahora, nada. Irías a la ciudad, quién sabe adónde, lejos de Cansares...

Tomi echó una mirada a su alrededor, sin detener la vista un segundo. Se agachó para acariciar al perro.
–Nada sería igual, sí.
Irene no dijo nada.
La madre de Tomi apareció en la cocina con una cesta llena de tomates.
–¿Quieres?
Irene dijo que sí. Pensaba en lo diferente que era todo ya. Dos semanas antes, cuando las ancianas le ofrecían tomates o melocotones, siempre los aceptaba por cortesía, creyendo que eso era lo educado. Ahora dio las gracias con sinceridad y contempló a la madre de Tomi mientras escogía los mejores tomates y los iba metiendo en una bolsa de plástico.
Se levantó de la mesa, inclinándose un poco hacia Tomi.
–¿Sabes dónde está mi casa?
–No, sí.
Irene sonrió: no, sí.
Silencio. Un mugido de una vaca, un golpe metálico, tal vez una de ellas metiendo la cabeza en el comedero.
–Estaré por allí.
–Por allí, claro.
Hubiera querido decir muchas cosas antes de irse, pero no las dijo. Se despidió escuetamente de los dos, debajo de las campanas colgadas del dintel, y no se volvió, para que no pudieran ver sus ojos.
Caminó en silencio, con los brazos cruzados y la mirada en el suelo. No se escuchaba nada en el valle, ni siquiera el rumor lejano de la carretera.
Al ver el campanario de Cansares, Irene se detuvo y miró hacia atrás, como si hubiera oído algún ruido. Pero no había nadie.
Echó a andar de nuevo, susurrando: «Yárchik, ayúdanos,

Yárchik, ayúdanos».

Escribo estas palabras sentada en un muro de piedra, cerca del cementerio de Cansares. Los cipreses se contemplan unos a otros, tal vez crecen pensando que son uno solo. Las raíces buscan la tierra. Y yo, ¿qué busco? Yárchik, ayúdanos, a Tomi, a mí, a ti mismo.

He llegado hasta este lugar vagando, sin rumbo, porque no quiero acercarme al valle de Las Esquilas hasta que Tomi haya tomado su decisión. Volveré allí para mirarle a los ojos y saber, por fin, si existe Tomi, como he creído intuir cuando ha resuelto de manera tan asombrosa la paradoja de Yárchik, la pregunta sobre la incapacidad de las manos para decir sí. O si, por el contrario, la música y esos destellos de inteligencia natural no son sino eso: destellos. Si en realidad hay dos Tomi, o si no hay ninguno. Y si hay una esperanza para todos los que son como él, para ellos y para sus familias. Ojalá la haya.

Mi padre se equivocaba, no era Mozart quien tenía el síndrome de Williams, sino ellos los que tienen el síndrome de Mozart. ¿O no es cierto tampoco? Si la sospecha de Yárchik fuera la verdad, no habría esperanza. Para que la haya, cada uno de ellos debe saber que existe, y darle un lugar a la música, en su vida, compartiéndola con todo lo demás: su familia, su futuro, su papel en la vida. Si no, no tienen nada, salvo una rara habilidad musical, como aprenderse la guía de teléfonos de memoria, o calcular al instante el día de la semana de cualquier fecha remota.

Pero si existen, si saben qué lugar ocupa la música en su vida, entonces la ven como yo no la he visto nunca: la música desde dentro, como una explicación mucho más sencilla del mundo que la que le intentamos dar nosotros con las palabras, las viejas y traidoras palabras. Ellos pueden alumbrar un camino desconocido, apenas entrevisto. El padre de Yárchik se curó de su epilepsia con la música de Mozart, pero todos estos pequeños Mozart pueden curar al mundo de su epilepsia. ¿Quiénes son los anormales y quiénes los normales?

Ha pasado un viejo y me ha mirado. No estoy segura, pero creo que es el mismo que se burló de Tomi con su imitación de la música, el de la guadaña. Pobre, iba inclinado, salía del cementerio, seguramente con un adiós y un hasta pronto. Camina solo, como yo, como todos.
Ya no me acuerdo de Tesa, desaparece en mi memoria como el viejo en el camino. Llegué a Cansares perdida y rota. Perdida porque me sentía incapaz de seguir más a Tesa, rota porque Yárchik no me devolvía el amor que yo le ofrecía. Y ahora quiero también a Tomi, y donde debería haber una confusión aún más grande, hay paz.
Tomi tiene la cinta. Le dije: si mi padre la oye...
¿Puede entender lo que significa eso? ¿Tengo derecho a esta crueldad? ¿Hacerle decidir sobre su futuro? Pero si es como Yárchik sospecha, ni siquiera habrá entendido lo que le sugería. Guardará la cinta y se llenará de polvo. Será feliz en su valle, y profundamente infeliz en la ausencia de los demás, confiando en que nunca llegue la muerte de su madre.
El sol se abate sobre el horizonte, sobre las casas de Cansares. ¿Qué hace Tomi en estos momentos? ¿Ordeña a las vacas? ¿Es la hora del ordeño? ¿Limpia las cuadras? ¿Las de algún vecino? ¿Toca la armónica en su torreta, bajo las esquilas de las vacas muertas? ¿Cuelga pañuelos blancos de los abedules plantados como fuegos artificiales?
¡Tomi! ¿Qué haces? ¿Te acuerdas siquiera de la cinta, sabes lo que significa para ti y para los demás, para los que son como tú, para mí, para mi padre?

Tú eliges, Tomi: la vida tranquila de tu valle y tus pañuelos blancos, o un duro camino en el que se aprovecharán de ti, te exhibirán, te estudiarán, te harán infeliz. Y puede que tu infelicidad sea un precioso sacrificio para la felicidad de otros, de quienes comparten contigo tu enfermedad y tu música.

Si decides quedarte aquí, te olvidaré, con un enorme desgarro en el pecho, pero sabré que llevas la mejor de las vidas posibles. Si eliges el otro camino te protegeré, te compartiré con Yárchik, os amaré a los dos, os fundiré en mi pecho. Pero en ese camino hay otros, y ellos son fuertes y poderosos, Tomi, y yo soy débil e insegura, Doña «Sí pero No».

Un petirrojo se ha parado en el mismo muro en el que estoy sentada y ha cantado con todas sus fuerzas.

¡Sí, lo sabe, estoy segura!

Y porque lo sabe va a arriesgarlo todo.

El petirrojo me estaba diciendo:

«¡Corre, corre!»

Irene se repetía las palabras, «corre, corre», mientras cerraba el cuaderno, lo metía en la mochila, se la colgaba a la espalda y saltaba del muro al suelo.

—Estás aún a tiempo —dijo en voz alta.

Por un momento no supo por dónde volver. Había llegado hasta el cementerio sin saber qué camino había seguido. Corrió en una dirección hasta llegar a la entrada de una casa cerrada con una verja. Retrocedió. Por allí no era.

Hasta que encontró el camino. Cruzó el pueblo y, entonces sí, se orientó. Al ver a lo lejos la casa alquilada, sintió sabor de lejía en su boca y una repentina pesadez en las piernas.

Vio a Tomi a lo lejos, acercándose a la casa. Llevaba su jersey rojo y caminaba deprisa, con sus pasos alocados, tan suyos. Irene se llevó las manos a la boca, hinchando los pulmones para gritar. Pero no lo hizo. Bajó las manos, poco a poco, y las dejó caer junto a sus muslos.

La silueta de Tomi se enmarcó en la casa. Llegó hasta la puerta, estuvo junto a ella unos segundos, sacudiendo la cabeza, y por fin, dando la vuelta, comenzó a desandar el camino.

Se detuvo y el corazón de Irene casi, también. A lo lejos, le inspiró aún una mayor ternura. Sabía que había dos fuerzas que tiraban de él, en direcciones opuestas. Y en medio estaba Tomi, la respuesta a la pregunta de Yárchik, inmóvil entre la casa y el camino de Las Esquilas. Miraba a uno y otro lado, Irene podía ver la violencia de los giros de su cabeza.

Una risa de mujer a lo lejos, una voz llamando a alguien. De nuevo el silencio, la quietud apesadumbrada de Cansares, como si realmente estuviera bajo un pantano.

Tomi se movía, elegía por fin la dirección de la casa, con las manos en los bolsillos, e Irene estuvo a punto de echar a correr de nuevo. Pero volvió a frenarse.

Se sentó en el suelo y cerró los ojos un momento. Cuando los volvió a abrir, la puerta de la casa de sus padres se cerraba tras el fogonazo rojo del jersey de Tomi.

Irene esperó. No le fue fácil. En su mente empuñaba el violín, y le arrancaba un do, aquella nota que había sido el principio de todo. Y luego el *andante* para piano y orquesta de Mozart, el *Elvira Madigan* de Yárchik. Y el concierto improvisado para violín y armónica. Y el *andantino*, el *andantino*... Sus notas simples y vigorosas...

No sabía cuánto tiempo había pasado. Pero era bastante. Se levantó, se sacudió el polvo, y echó a andar hacia la casa, con la sensación de haber perdido toda ansiedad, toda angustia.

Dudó, con la mano en el picaporte. Abrió despacio.

Y lo oyó. El piano, la risa de Tomi, la grabada y otra más clara.

Se asomó a la sala. Su madre estaba en el sofá con la mirada perdida, hasta que vio a Irene. Pero no dijo nada, siempre discreta.

Horacio estaba inclinado sobre la mesa, concentrado en la música que surgía del magnetófono, con los brazos apoyados a sus lados y la cabeza inclinada, y con los ojos muy abiertos por la emoción.

Y Tomi estaba sentado frente a él, de espaldas, con su jersey rojo y la cabeza haciendo extraños giros.

–Sí, sí.

«Tomi existe», pensó Irene. Y vio cómo su padre levantaba la cabeza y la miraba. Con una mirada de triunfo: el síndrome de Mozart, por fin. Irene sintió un escalofrío, pero le saludó con un movimiento de la mano.

–Irene –dijo Horacio, y abrió los brazos.

«El perdón es siempre generoso cuando se ha vencido», había dicho una vez Yárchik, después de una discusión y una pelea entre gallitos, en el instituto. A Irene le había parecido entonces, como siempre que el marciano hablaba, una buena sentencia. Ahora no le ayudaba a querer a su padre, pero al menos sí a entenderle.

Tomi se volvió y al verla enrojeció. En el magnetófono el piano sonaba vigoroso y magnífico, diáfano como la resolución de una ecuación.

–Tomi –dijo Irene.

–Ah, hola, sí.

Irene sonrió y se acercó a él. Luchaba para no llorar. Su violín, ayudando a Tomi en su improvisación, le parecía ahora ajeno, casi ininteligible.

–¿Para qué cuelgas pañuelos blancos de los abedules?

–Ah, los pañuelos, sí. Para que las vacas no coman las hojas, sí.

Y se rió.

Los genios se ríen siempre de

las cosas más sencillas

son siempre las más difíciles de encontrar. Hoy he encontrado a Tomi, por fin, y es tan puro, tan inocente, tan indefenso, que sé que empieza la parte más difícil de mi vida. Pobres los que no saben mirar con su corazón, los cobardes que miran con los ojos de los demás.

He vuelto a escuchar *La flauta mágica*, he encontrado en el libreto las últimas palabras de Pamina:

«En todas partes estaré a tu lado. Yo misma te guiaré, el amor me conducirá. Él sembrará de rosas el camino, pues rosas y espinas van unidas. Y si tú tocas la flauta mágica, ella nos protegerá en el camino.»

Son las mías también.

Acabaré estas hojas y no escribiré más en mi cuaderno, ya no. Escribiré en el aire.

GONZALO MOURE

16 X 4: UNA AUTOBIOGRAFÍA...

No es que me entusiasmen los números, la verdad. Pero a veces son curiosos. Hace poco he tomado una decisión de las que me gustan a mí, un buen salto, un cambio de vida. Y me he dado cuenta de que hay una cifra que ya se ha repetido dos veces en mi existencia: 16. Primero fui hipótesis, claro; hasta los 6 años. Luego fui (llorando) al colegio, y estudié, o eso se suponía, 16 años. Dejé la universidad a los 22 para ser periodista. Y lo fui durante... 16 años. Los pasé en la radio: música, noticias, deportes, atracos a bancos. Fue una época excitante. Pero todo lo que arde llega a apagarse. Entonces decidí que eran muchos años y que era hora de intentar lo que siempre había deseado en mi interior: ser escritor. Y lo he sido, o se supone que lo soy, desde hace 16 años. ¿Y ahora?

Otro salto. Ahora quiero hacer cine, y me doy 16 años de carrera. Así llegaré a los 70 años, y calculo que tendré otros 16 años para disfrutar de lo que tú escribas, o de las películas que hagas, o de los cuadros que pintes, o de la música que compongas. Poco más me interesa de esta vida, aparte del amor y la amistad.

Pero vayamos por partes, porque en realidad mi vida, en esos aspectos, ha sido una especie de colección de cajas metidas en cajas. Quiero decir que ya cuando era hipótesis, pongamos a los cuatro o cinco años, soñaba con ser escritor. Mi madre escribía deliciosamente, cuentos de bosques sobre todo; mi abuelo había sido poeta, y en mi casa había tantos libros que nos dejaban poco sitio para otras cosas. Respiré un ambiente muy literario, y lo de ser escritor fue como si alguien me hubiera descifrado el destino. Uno de los primeros aromas que recuerdo es el de los libros: los abría, y ya me metía en ellos. Así que desde que empecé en el colegio yo soñaba con ser escritor mirando por la ventana algunos ratos, y escribiendo tonterías los demás. Por aquel entonces mataron a Kennedy, que era un presidente en colores, lo cual resultaba muy atractivo para un niño que vivía en un país en blanco y negro (más negro que blanco).

La muerte de Kennedy fue una de las primeras cosas que vi en la televisión y por alguna razón me afectó mucho, así que intenté escribir una novela sobre el caso, pero situada en el oeste. Fue uno de mis mejores fracasos. Luego pasé unos meses enfermo, y me entretuve escribiendo mi primera novela. Era de espías, pero yo no sabía muy bien lo que tenían que espiar mis personajes, así que no debía de tener mucho sentido. En fin, no lograba escribir nada que mereciera la pena, salvo una tarde en la que mi madre me sugirió que escribiera algo sobre un bonito atardecer sobre Valencia, desde la terraza de casa. Lo intenté, pero también se veía una alquería, la de Palmereta, y a un rebaño de ovejas, y al perro del pastor, y al pastor merendando debajo de un árbol. Mi madre lo leyó y dijo: «Mmm, me has hecho sentir el sabor de la tortilla de patata». Pero yo no había escrito tortilla de patata por ningún lado, así que protesté. Mi madre, que era muy enigmática, dijo: «Eso es lo bueno, que me has hecho sentir ese sabor sin decir tortilla de patatas». Desde entonces lo tengo claro: lo importante de la literatura es lo que sugiere, no lo que dice.

Mis sueños de escritor se materializaron algo más tarde, a los catorce, cuando gané un concurso de redacción y me dieron de premio un *pick-up*, es decir, un tocadiscos portátil; un álbum de discos (de vinilo, por supuesto) y un viaje a Roma. Desde entonces supe que ser escritor no solo era mi vocación, sino que también podía ser mi forma de vida. La redacción por la que gané se inspiraba en el arranque en un relato muy breve de Azorín sobre la silla, que empezaba así: «La silla, madera y enea, enea y madera». La mía era sobre la rueda, y empezaba: «La rueda, madera y clavos, clavos y madera». Luego ya cambiaba, porque una silla suele estar quieta y una rueda no. Pero mis maestros han sido mi madre y Azorín, por ese orden.

El resto de mi producción de escritor durante mis estudios fueron dos obras de teatro, un guión de una película de 16 minutos y algunos relatos, además de innumerables proyectos y borradores de la «Gran Novela», que nunca lograba llevar más allá de 16 páginas. Luego corrí algunos años delante de los guardias, estuve un par de veces en la cárcel por pedir libertad y un mundo en colores. Empecé a trabajar como periodista con el tiempo justo para poder contar desde la radio cómo llegaba esa libertad de colores que aún disfrutamos, y allí seguí 16 años. Intentaba escribir, pero volvía demasiado cansado a casa, hasta que un día decidí que ya estaba bien: o empezaba a escribir, o se me hacía tarde, porque ya tenía 38 años. Así que colgué el micrófono, y un 1 de agosto, el de 1989, a las nueve de la mañana, después de limpiar las cuadras y cepillar a las yeguas, no me lavé las manos: me puse delante del ordenador, y así, con el olorcito a caballo que tanto me gusta, me puse a escribir. Y hasta hoy.

Este oficio, para mí, es algo más que un sueño. Me veo como uno de los vaqueros que tanto me gustaban en mi infancia. Mi caballo es la libertad; mi cuaderno abierto, mi tienda de campaña, y mi rotulador, mi rifle. Puede más un lápiz que una ametralladora: los poderosos temen más a las palabras que a las balas. Seguramente porque a las balas pueden responder con muchas más balas, y a las palabras no pueden responder con más palabras, porque no saben muchas. A veces me he quejado de no haber empezado a escribir antes, pongamos a los 20 años, pero ahora sé que hice bien: cuando empecé, decidí ser libre, escribir simplemente lo que quiero escribir, y si lo hubiera hecho a los 20 años para ganarme la vida, no habría podido, ni sabido, escribir en absoluta libertad, como ahora lo hago. Como decía John Keats, la verdad es belleza, y la belleza es verdad, y nada más necesitas saber. Puede que no sea muy bueno lo que he escrito en estos 16 años, pero al menos es sincero.

¿Y por qué libros para niños y para jóvenes? También yo me lo pregunto. Sabía desde los cinco años que quería escribir, pero no sabía qué quería escribir (buen ejemplo de la necesidad de poner bien las tildes, por cierto). Pero mi primera novela tenía, por necesidades puramente prácticas del argumento, a dos niños como protagonistas. Y me tuve que meter en su mente, y me di cuenta de que me resultaba asombrosamente fácil. Como hubo un poeta que escribió que la infancia es la patria del hombre, supongo que meterme en la mente de un niño me pareció lo mismo que regresar a casa. Y seguí por ese camino, ampliándolo a la adolescencia, a ese maravilloso momento en el que elegimos, por primera vez, nuestro destino. En estos años he ganado varios premios, pero aún hoy no sé si me los dieron porque mi libro era el mejor o el menos malo. O si fue un error del jurado. Mi prueba de fuego fue no cambiar el título de *¡A la mierda la bicleta!*, pese a que no me querían dar el premio al que me había presentado si no lo hacía. No lo cambié, al final me lo dieron igual, y desde entonces sé que es rentable no dejarse sobornar, ser uno mismo, aunque sea con tus errores, como ese título francamente espantoso.

Otros momentos importantes para mí fueron los premios por *Lili, Libertad* y por *El síndrome Mozart*. La demostración de que es también mejor escribir con el corazón que con la cartera. Al final, hasta más rentable.

Pero decía que mi vida ha sido una caja metida en una caja metida en una caja. Desde muy joven fui cinéfilo. Me fascinaba, buscaba la manera de ver las mejores películas de la historia del cine. Algunas, hasta veinte veces. Siempre soñé, y aún hoy, con hacer cine. Ahora estoy dispuesto. No dejaré de escribir, claro. Tengo acabados y entregados cinco libros, no sé si seis. Y estoy escribiendo otros seis, no sé si siete. Quiero hacer cine de la misma manera que escribo: sumergiéndome en la historia, creyendo en mis personajes, tratándolos con respeto y, por tanto, dejándolos que vivan, que tomen sus propias decisiones para después describirlas. Para mí, es la mejor forma de escribir. No me gusta hacer un guión previo, saber qué va a pasar: eso acartona a los personajes, los convierte en títeres. Prefiero pensar que un escritor es un buscador, o un descubridor. La vida está llena de historias, y los personajes que creas, llenos de vida. Más, a veces, que las personas reales, que yo mismo.

Nací en Valencia, vivo en Asturias, me siento también saharaui; es decir: ciudadano del mundo. Al principio escribía en un ambiente propicio, pero prefiero viajar: ahora escribo, más y mejor, en aviones, trenes, cafeterías y salas de espera. Lo que escribo se llena, entonces, de la vida en ebullición que me rodea.

Radio, libros, cine. Vida. Vida para dar y disfrutar. Para mí, y también para ti.

Entrevista a

Una conversación en clave de Sol

Por Gabriel Brandariz

Esta entrevista no tuvo lugar en una cafetería, tampoco en las oficinas de la editorial o en la casa del autor. No: discurrió en todas partes y en ninguna, que es, más o menos, lo que viene a ser el ciberespacio. Y es que, aunque Gonzalo y yo nacimos el siglo pasado, somos hombres de nuestro tiempo, del siglo XXI, y por eso recurrimos al email, demostrando, de paso, que es una herramienta tan válida como cualquier otra para que dos amigos compartan una agradable conversación, en absoluto carente de calidez y cercanía…

Gonzalo Moure

→ **Déjame decirte, para empezar, que una de las cosas que más me han llamado la atención leyendo la novela es el conocimiento tan profundo que tienes de estos «niños Mozart». Supongo que para escribir un libro como este tuviste que manejar mucha documentación...**

→ Efectivamente, escribir este libro requirió mucho, mucho estudio previo. Leí decenas de libros, y todas las cartas escritas y recibidas por Mozart; Historia, Filosofía, Musicología, teorías extrañas sobre el músico austriaco y otras menos extrañas sobre la música. Poco a poco fui descubriendo que la música sigue siendo un enigma hasta para los hombres más sabios. Freud renunció, se declaró impotente ante el significado oculto de la música. Jung se acercó, pero dejó en sus libros todas sus dudas, toda su fascinación ante un misterio sin respuesta. EL SÍNDROME MOZART tiene detrás, o debajo, un vastísimo trabajo que me llevó muchos meses, años en realidad. Y después, como en todos los casos, la vida. La verdadera investigación fue también de campo: diez o doce chicos en España, cincuenta en Estados Unidos. Todos unidos por la música y su frustración. Nada, nada en la novela, es realmente inventado cuando hablo de «ellos».

→ **¿Ni siquiera los personajes?**

→ Tomi es la fusión del Tomi real y de otros comportamientos de chicos con el síndrome. Y es que, cuando se toca un tema tan sensible, hay que dejar a la imaginación el lugar justo: la trama. Pero puedo asegurar que el Tomi de la novela es un fiel reflejo de los chicos que conocí en esa investigación. Yárchik también tiene su inspiración en alguien real.

De hecho, me escribo casi a diario con esa persona, que se ha convertido en uno de mis mejores y mis más apreciados amigos.

→ ¿Y Horacio e Irene?

En realidad, Horacio e Irene son un resumen de mí mismo: empecé como él, queriendo demostrar, por ambición personal, que Mozart fue un Williams, pero cuando los conocí en persona me volví Irene: quise darles la oportunidad de hablar por sí mismos, es decir, con música. Por otra parte, Irene es más abstracta, si bien me encuentro con ella en cada encuentro que mantengo con los lectores.

→ ¿Cómo llevas esos encuentros? (Gonzalo recorre España a menudo, instituto a instituto, colegio a colegio. Si todavía no ha ido al tuyo, lo siento por ti, porque conocerle puede ser una de esas experiencias que te cambian la vida.)

Con cansancio, pero con entusiasmo. Y mejor que nunca. He descubierto que era una tontería ver solo el lado trabajoso del asunto, y ahora me siento feliz, comprometido en esa tarea. Sé que aporto muchas cosas a maestros y profesores, que mi presencia es algo extraordinario que sirve para retomar el camino cotidiano del aprendizaje con mucho más entusiasmo. Descubriremos, espero, otras formas igual de buenas: los encuentros postales por *email*, la video-conferencia. Pero la esencia, ese camino de ida y vuelta, es en sí una revolución de la escritura a la que no quiero renunciar.

→ **¿El hecho de conocer a tu público te condiciona a la hora de escribir?**

«Cada ser humano es el Ser Humano, compartimos todos una raíz común, tan profunda como misteriosa.»

La palabra no es «condiciona», sino «orienta». Pero no para adaptar mi literatura a su percepción, a cómo son, sino para todo lo contrario: para saber que es posible ir mucho más al fondo, que no son los consumistas superficiales que quiere presentarnos el sistema. EL SÍNDROME MOZART ha sido una sorpresa para mí: habla de un chico único, y de una chica de la élite, violinista, inteligente. Y nada de eso les resulta ajeno. Al revés, gente que no tiene nada que ver con esa élite, sin embargo se ve muy reflejada en la historia, la vive como algo propio. Es mi confirmación de que cada ser humano es el Ser Humano, de que compartimos todos una raíz común, tan profunda como misteriosa.

→ **Entonces te habrás encontrado con más de un lector que se haya reconocido en tus páginas, que se haya identificado con tus personajes...**

Pues, precisamente, hace poco, una profesora de música, a propósito de Irene, me dijo: «Soy yo». «Fuiste ella», pensé yo. «Pero tal vez no fuiste tan valiente como la Irene real», es decir, la del libro. Y esto enlaza, precisamente, con lo que hablábamos antes sobre la inspiración «real» de los personajes. Esa es la utopía, la recreación de la realidad de la que creo capaz a la novela.

➤ **Supongo que, con tantos encuentros, tendrás montañas de anécdotas. ¿Recuerdas alguna especial?**

Quiero contar una, la más sorprendente: el Yárchik real, al que encontré en un instituto asturiano, se levantó para pedirme que no hiciera mucho caso a sus compañeros por su falta de atención y de profundidad, porque, añadió literalmente, «no son más que cerdos y jabalíes». Lo puse así en la novela, tal cual sucedió, porque ninguno de aquellos supuestos cerdos y jabalíes se levantó para darle un sopapo. No hubo ni protestas. Era la mejor prueba de que no lo eran, pero también de que entendían perfectamente lo que quería decir aquel «marciano».

➤ **¿Y qué más cosas te cuentan tus lectores?**

Muchas veces cuentan sin decir. No pueden hablar de ciertas cosas, porque están presos en el estándar creado por el sistema, y el que se sale de él se siente ridículo. Pero afortunadamente tengo una buena sensibilidad para leer entre líneas, debajo de cejas. Muchas veces percibo emociones muy intensas, porque me estoy atreviendo a confesar delante de ellos todo mi desconcierto ante la vida, toda mi rabia ante la injusticia. Y en sus miradas, en el rubor de sus mejillas, leo perfectamente que querrían gritar: «Yo también». Es así como más cosas me cuentan. Pero algunos de ellos luego me escriben, y entonces sí, dan rienda suelta a sus pensamientos, a su inquietud vital.

→ **Hablemos de otra clase de niños, de los jóvenes a quien retratas en esta novela. En España hay al menos 200 niños que padecen el síndrome Williams. Mientras que Mozart ha pasado a la historia como uno de nuestros más grandes genios, esos niños, para el común de los mortales que sabe de su existencia, no son más que «discapacitados». ¿Dónde está la frontera que separa al «genio» del «discapacitado»?**

«MUCHOS DE LOS GRANDES GENIOS DE LA HUMANIDAD HUBIERAN SIDO CONSIDERADOS SIMPLES DISCAPACITADOS.»

Es, tan solo, una línea social. Muchos de los grandes genios de la humanidad hubieran sido considerados simples discapacitados de no haber logrado hacer oír sus teorías, o ver sus cuadros, o leer sus poesías, o escuchar su música. Mozart, de haber sido el hijo de un zapatero, y no de un profesor de violín, hubiera sido un pobre retrasado, según la mayoría de sus biógrafos. No habría servido ni para remendar zapatos.

→ **Sin embargo, han pasado 250 años del nacimiento de Mozart y el síndrome Williams sigue sin tener cura conocida... ¿Dónde está la esperanza para las personas aquejadas por esta enfermedad? ¿Qué podemos aprender de ellos?**

Su cura podría ser genética. Puesto que el síndrome está originado por un trocito ausente del cromosoma número 7, tal vez algún día sea posible reponer ese trocito en el feto, antes de que se conforme el cerebro. ¿Pero es eso deseable? Me produce escalofríos, me recuerda *Un mundo feliz*, la impagable novela de Aldous Huxley: todos iguales. La esperanza no está en el «todos iguales», sino en el «todos útiles». La esperanza de los niños-Mozart, y lo quiero gritar bien fuerte, es una enseñanza musical desde los tres años, para permitirles expresar lo mejor que llevan dentro: la música. Y eso es, precisamente, lo que podemos aprender de ellos. Ahí va mi sueño utópico: el día que el hombre llegue a esa sabiduría, a esa armonía universal, su lenguaje tal vez sea la música. En ese sentido al menos, los niños-Mozart, los Williams, nos llevan siglos de ventaja.

➡️ **Ahora que lo mencionas, el lenguaje y la comunicación son dos de las piedras angulares en las que se apoya la novela. De hecho, me atrevería a afirmar que son casi temas recurrentes en tus libros... Fuiste periodista: ¿te puede la deformación profesional?**

➡️ Tienes razón con lo de la comunicación: alguien mucho más listo y sistemático que yo me dijo un día que ese era el denominador común de mis libros. Por otra parte, no, no creo que sea por deformación personal. Creo que cuando buceamos en nuestro interior entramos en contacto con la especie humana, en su totalidad. Y la especie humana añora, subconscientemente, la inocencia de los animales, que no necesitan nada para comunicarse: simplemente, «son». Nosotros, con la palabra y la inteligencia, abrimos un abismo de incomunicación entre el *yo* y el *otro*. Cuando escribo, trato de comunicar a unos seres humanos con otros, porque la solución no está en el regreso a la inocencia animal, sino en la sabiduría, en llegar a una armonía universal.

➡️ **Supongo que, con esa ansia de comunicar, cuando escribes no te vuelves inaccesible...**

➡️ No, al contrario. Me gusta salir de mi historia y meterme en la historia cotidiana: charlar, vivir, ponerme en contacto con los demás.

➡️ **Y en ese contacto con los demás, ¿hablas de lo que estás escribiendo? ¿Les cuentas cómo va tu historia, o la mantienes en secreto hasta que está terminada? ¿Escuchas sus opiniones?**

«SÍ, ME GUSTA HABLAR DE LO QUE ESTOY HACIENDO, PORQUE LO VIVO CON VERDADERA PASIÓN.»

Sí, me gusta hablar de lo que estoy haciendo, porque lo vivo con verdadera pasión. Recuerdo el tiempo en el que escribía EL SÍNDROME MOZART: daba la lata a todo el mundo con los misterios en los que iba avanzando: la música, la mente de los niños-Mozart... Pero soy tan vehemente que nadie se atreve, creo, a llevarme la contraria. Y tampoco puedo evitar pasar a algún buen amigo el trabajo escrito, a medias, por si me estoy equivocando en algo.

Tal y como puede leerse en tu autobiografía y tal y como mencioné antes, fuiste periodista en una época de tu vida. ¿Te ha influido tu experiencia en los medios de comunicación a la hora de forjar tu estilo como escritor?

Sí, sin duda. De hecho, no me considero un creador, sino un descubridor de historias. Las historias están ahí, en la vida, en la gente, en el devenir histórico o en las flechas que indican hacia dónde va a ir la humanidad. Mi trabajo como escritor arranca siempre de la emoción de descubrir algo distinto, que merece ser narrado, aunque sea de una forma diferente. Parto de la realidad, y cuando empiezo a escribir ingreso en la utopía.

¿Echas de menos el bullicio de las redacciones?

En absoluto. Dejarlo fue como cerrar una puerta. Recuerdo mi «vida» de periodista con placer, con gusto, pero como algo lejano y liquidado. Solo podría volver a alguna forma muy libre de periodismo, como los documentales, por ejemplo. Y, si me apuras, creo que mi forma de escritura es una especie de nuevo-nuevo periodismo: describo realidades, pero dejo espacio a la utopía, a la recreación de la realidad. O eso intento, claro.

→ **¿Te costó tomar la decisión de dejarlo todo por la literatura?**

→ Me costó por miedo al vacío y por conservadurismo: tenía un buen trabajo en el que era apreciado y en el que recibía ofertas aún mejores, ganaba dinero en abundancia... Ser escritor era entrar en un terreno ansiado, pero desconocido; era arriesgarme al fracaso personal. Pero era mi sueño, lo había sido siempre, desde la primerísima infancia, y seguir viviendo sin tratar de cumplir ese sueño era un fracaso interior: nadie se hubiera dado cuenta, salvo yo mismo.

→ **Afortunadamente para nosotros, no solo para ti, tomaste la decisión correcta. La cercanía de los lectores, las ventas de tus libros y los premios que has recibido a lo largo de tu carrera como escritor así lo acreditan. Precisamente, con EL SÍNDROME MOZART ganaste el Premio Gran Angular. ¿Qué es lo que te motiva a la hora de presentarte a estos premios?**

→ Los premios son la virtud de la necesidad. Nada ha cambiado para mí en ese sentido. Algunos de los libros con los que he ganado premios han sido antes rechazados por algún editor asustado. La necesidad de hacer una literatura comprometida y de calado humano choca con la sensación editorial de que la mayoría de los maestros y profesores quieren libros sencillos y «que no planteen problemas». Y solo tienen razón en parte, una parte cada vez menos mayoritaria. Los premios son la válvula de escape de los libros que no se adaptan a esa definición. También los necesito por reconocimiento, claro, y por dinero, y por celeridad de edición, porque al ganar un premio ganas un año de vida para tu libro, y una mayor promoción. Pero, sobre todo, los libros premiados, como me pasó y me pasa con EL SÍNDROME MOZART, contribuyen a romper esa falsa sensación de que los chicos solo quieren libros sencillitos y sin honduras. Al contrario, al final son los que de verdad funcionan, con los que más identificados se sienten los lectores. Y así, poco a poco, convencemos a maestros, mediadores y editores de que esa es una buena apuesta, en la que se pueden conjugar la comercialidad y el deseo de hacerles aprender cosas. Cada día encuentro más maestros y profesores que deciden buscar otras lecturas, porque sienten que con «libros-hamburguesa» no se hacen verdaderos lectores.

➤ Llevamos un buen rato hablando de síndromes y hay uno que algunos escritores conocen muy bien... ¿Has sufrido alguna vez el (maldito) «síndrome de la página en blanco»?

➤ Casi nunca, nunca desde que me dedico a esto a tiempo completo. No exagero si digo que tengo diez historias empezadas. Si con una la cosa no funciona, abro otra: les doy su oportunidad a esos personajes que reclaman mi atención.

➜ **Supongo que eres consciente de la suerte que tienes...**

➤ No sé si es suerte o desgracia, pero las ideas me asaltan. Hace unos días nació en mí la necesidad de escribir una nueva novela, incluso con título: *La Lengua de los Gigantes*. Por cierto, nació en un instituto vasco, en el que una chica se atrevió a confesar que quiere hacerse filóloga para buscar las raíces perdidas de la lengua vasca, del euskera. Me pareció apasionante, y dentro de mi mente empezó a crecer la novela. Que la llevará a ella, y a mí, de nuevo al Sáhara. Pero tendrá que esperar, porque otras novelas aguardan su turno.

➜ **Y ponerte a escribir, plasmar la idea, ¿te cuesta?**

➤ No. Cuando escribo, los dedos se convierten en manantial, las palabras brotan, a veces con independencia de mi yo. Cuando me dejo llevar, «trabajo» es solo una palabra abstracta. Escribir así, con las palabras fluyendo, es una sensación más allá del placer. Lo que me enseñó mi madre, mi mejor maestra, es que es más fácil escribir que quitar. Escribir puede cansar, pero quitar duele. Y, sin embargo, es tan necesario o más que escribir.

➜ **Entonces, ¿borras más que escribes?**

➤ Mi madre fue mi mejor crítica, la única que se atrevió a decirme que a mis libros les sobraban pasajes enteros, y a mis frases adjetivos. Entonces no le hacía mucho caso, pero ahora, después de nueve años desde su muerte, tengo más en cuenta que nunca esa crítica, y quito. A veces, hasta un libro entero. Pero no, no habría cambiado el sentido de ninguno de mis libros, porque están basados, siempre, en una emoción, y las emociones se sufren, se disfrutan, pero no se pueden borrar.

→ **¿Y cuánto puede llevarte la «emoción» de escribir una novela?**

→ No tengo reglas en ese sentido (ni en ninguno). Alguna novela la he escrito en años, pero dejándola, volviendo a ella. Otras, a tiempo completo. Nunca mucho más de un año. Otras están esperando desde hace quince tal vez a una nueva relectura. En ocasiones, un texto antiguo, al que le falta «algo», cobra sentido mucho más tarde. Soy paciente e impaciente. Cuando ya atisbo el final, la impaciencia me transporta a una extraña dimensión atemporal, que me hace escribir sin descanso. Eso me sucede a menudo, pero, desde luego, no siempre.

→ **Ahora que hablas de «atisbar el final», déjame preguntarte por una cosa que siempre me ha llamado la atención en tus libros y que creo que EL SÍNDROME MOZART ejemplifica a la perfección: ¿tienes debilidad por los «finales abiertos»?**

→ ¡Es que la vida está abierta! En realidad, lo que no me gusta son los «finales cerrados»: me parecen muy alejados de la vida. No hay finales abiertos, es que la vida sigue, en la realidad y en su réplica novelada. ¿Dónde poner el punto final? Simplemente, cuando la duda está resuelta, el camino iniciado. El resto... sería ya otra novela.

→ **¿Entonces la vida sigue para tus personajes cuando se acaba el libro?**

→ Pocos me creerán, pero los personajes siguen vivos. Sé de ellos, es como si de vez en cuando vinieran a verme, o me escribieran. A veces son felices, a veces no. Y sé que un día morirán, como yo, como el que esté leyendo esto. ¿Quién está más vivo para ti: tu vecino de al lado, o el personaje de tu novela favorita?

→ **Por desgracia, para mí, mi vecino de al lado, a quien, no ensañándome demasiado, podría definir como una persona «ruidosa». Y a ti, ¿cuáles crees que son los adjetivos que mejor te describen?**

→ Intuitivo, apasionado, caótico, emocional, entregado...

→ **Creo que «inquieto» es un adjetivo que también casa bien contigo. De hecho, en tu autobiografía comentas que te gusta «dar saltos» y que ahora estás preparando un nuevo cambio de vida, uno orientado al cine. ¿Nos puedes adelantar algo?**

→ Sí. Creo que el cine no tiene ya por qué ser una industria: un rodaje ya no exige un equipo de cuarenta personas ni grandes inversiones. Me interesa el cine que se puede hacer a semejanza de un libro: una cámara como bolígrafo, la pantalla-monitor como cuaderno, la sala de montaje en tu ordenador personal. Si ese cine personal y no industrial es posible, haré cine durante 16 años. Pero no abandonaré la escritura, porque son muchas las historias que aún quiero escribir, y porque creo que la literatura es todavía mucho más profunda que el cine.

→ **Y de las novelas que ya has escrito, ¿hay alguna que te gustaría ver en la gran pantalla?**

→ Pues, de hecho, hay un proyecto, lento, de llevar EL SÍNDROME MOZART. Lo conduce su director, Andrés Linares, y hemos hecho el guión juntos. Pero el cine industrial del que te hablaba antes es una maquinaria demasiado pesada. Me asombra que una historia que pude escribir solo necesite de tanta gente, y de un millón de euros, tal vez de dos. Por eso quiero hacer ese cine distinto, de autor realmente independiente. Y mi primer proyecto es llevar a la pantalla, no sé si de los cines, una novela breve mía: *Palabras de Caramelo*.

Bueno, Gonzalo, lo importante es que no dejes de contar historias, sea cual sea el medio que elijas para hacerlo. A nosotros nos tendrás como público. Eso seguro.

Radio, libros, cine. Vida. Vida para dar y disfrutar. Para mí, y también para ti.

GONZALO MOURE

COMPAÑEROS DE VIAJE DE
EL SÍNDROME MOZART

ALGUNOS DISCOS, PELÍCULAS, POEMAS O CUADROS
PUEDEN ACOMPAÑAR A ESTE LIBRO EN SU LARGO VIAJE.

ANTE TODO, LA MÚSICA

Quiero creer que este libro se lee tanto con el oído como con la vista. Desborda música. La de Mozart, toda. Pero también la de grupos de rock, como Los Planetas, o Kurt Cobain, o Lou Reed, o Hole, o... La música sigue siendo un misterio: nos dice mucho, pero ¿qué nos dice?

Hay un pasaje extraño en esta novela: lo escribí en un estado de enajenación, al ritmo de la *Novena Sinfonía* de Beethoven. Mis dedos tecleaban con su ritmo, febrilmente. No era yo, sentía lo mismo que Mozart al componer: que lo que yo escribía venía a través de mí. Es el momento en el que Tomi, en el chalet, toca, sin saberlo, la misma música que compuso Mozart. Al acabar caí exhausto, lleno de música y emociones.

UNA PELÍCULA:
Amadeus

Una tarde, la madre del Tomi real me dijo que su hijo, a los seis años, se había despertado una mañana y le había dicho: «Mamá, soy Mozart». Vino a mi mente la deliciosa película de Milos Forman, *Amadeus*. Y supe la novela que iba a escribir. Forman dirigió la película sobre el texto teatral de Peter Shaffer y su guión. La investigación de Shaffer para describir ese Mozart mezcla de genialidad e infantilidad, fue la misma que yo seguí años más tarde. De entre todos los Mozart descritos a lo largo de estos 250 años, me quedo con el de Shaffer y Forman. Una película imprescindible.

LIBROS

La música y la literatura se llevan bien. Proust, en su *En busca del tiempo perdido*, se acerca al fondo, al misterio de la música. Pero no llega. Y Friedrich Nietzsche, y muchos más. Creo que todos los escritores bordeamos la esencia de la música cuando trabajamos, pero nunca acabamos de llegar. Lo han intentado explicar filósofos como Jung o músicos como Barenboim. Pero el libro que estuvo siempre conmigo en este viaje al fondo de la música fue *La música y la mente*, de Anthony Storr. A cualquiera que quiera intentar entender un poco más, se lo recomiendo. Cuando lo leas, lo estaremos leyendo, y escuchando, juntos.

LOS COMPAÑEROS DE VIAJE

Tomi, Vicent, César, Laura, tantos y tantos niños «mozart» a los que fui conociendo para escribir El síndrome. Mis verdaderos inspiradores. César tocaba la batería, a los 11 años, mejor que muchos baterías profesionales. Y he sido crítico musical muchos años, no lo digo por decir. Pero el día del prodigio se acercó a un piano, instrumento que no había tocado nunca. Creía que no le escuchábamos, pero yo sí. Y del piano comenzó a surgir una música prodigiosa, fascinante. Cuando nos acercábamos, César estaba en pleno «sentimiento oceánico». Cuando nos vio, volvió a la «normalidad». A la suya. Mozart renació en Soria durante diez minutos, y yo fui testigo.

Un «gnomo»

De Floro, en la foto, surgió todo. No sé si era un «mozart», pero fue quien me dio la primera pista. Vivía así, en el bosque. Y ahí situé a Tomi, años más tarde, cuando Irene le encuentra.

Y el paisaje

Este es el paisaje del El síndrome de Mozart. Un paisaje cansado, agonizante. Somos nosotros quienes lo matamos, y encima lo llamamos «bonito». ¿Tenemos remedio? Tal vez Tomi lo tenga: la belleza es la verdad, y la verdad es la belleza. Cuando se hace música con el corazón, nos acercamos esa belleza y a esa verdad.